Fake marriage
with
my ex-girlfriend

전 여친과의
아슬아슬한
위장결혼 2

"지난번의 포옹보다는 훨씬 낫지 않아?"

"아니 근데, 너⋯⋯ 지, 지금 차림⋯⋯.?"

"여, 연습이야, 연습.
이런 건 점점 레벨업 하지 않으면
의미가 없잖아!?"

"아무리 그래도 너무 가깝지 않냐?"

"부, 붙어 있어야 연습이 되지."

"미안해요, 리오 씨.
잠옷이나 클렌징 제품까지 빌려 써서."

"아니, 신경 쓰지 마. 사이즈는 괜찮았어?"

"하나부터 열까지 정말 죄송해요."

"됐어, 됐어. 내가 꺼낸 말이고."

이스루기
타카리오

이스루기 아키노

Contents

전 여친과의 아슬아슬한 위장결혼 2

노조미 코타

권두·본문 일러스트●퓽키치

✳

지금으로부터 15년 전의 이야기——.

내가 두 살 위인 소꿉친구를 '리오 누나'라 부르고 상대는 나를 '하 군'이라고 불렀던, 이제는 그리운 날들의 기억.

그 당시 우리들은 한없이 순진하고 순수했으며, 부끄러움도 허세도 없었다.

지금과는 달리 상대에 대한 호의를 감추려고 하지 않았다.

"저기, 하 군. 반지 다 됐어?"

"잠깐만. 조금만 더 하면……."

장소는—— 평소와 같은 타마키가의 앞마당.

부모님들이 일 이야기를 나누는 동안 우리는 마당에서 노는 일이 많았다.

무릎이나 옷이 더러워지는 것도 개의치 않고 땅바닥에 앉아 둘이서 반지를 만들어 나간다.

반지라고 해도 물론 진짜 반지는 아니다.

클로버를 모아 만든 즉석 결혼반지.

결혼 놀이를 할 때 꼭 필요한 물건이었다.

"……됐다!"

조금 늦게 반지를 완성하자 리오가 눈을 반짝였다.

둘이서 서로가 만든 반지를 들어 보이며 이런저런 감상을 나누기도 한다. 여섯 살과 네 살이 만든 풀 반지는 빈말로도 예쁘다고 할 수 없는 볼품없는 모양새였지만, 그래도 당시의 우리에겐 보석처럼 빛나 보였다.

"할머니 오면 바로 결혼 놀이하자."

"응!"

결혼 놀이.

우리들은 자주 그 놀이를 했다.

리오의 할머니――후미에 씨가 목사 역을 맡고 나와 리오는 신랑과 신부.

맹세의 말을 나눈 뒤에 반지를 교환한다.

단지 그뿐인 놀이었지만 그때의 우리에겐 소중하고도 특별한 놀이였다.

적어도 나에게는 그랬다.

아직 4살이었던 나는 결혼의 의미 같은 건 전혀 몰랐지만――그저 즐겁게 웃고 있는 리오를 보는 것이 좋았다.

믿어 의심치 않았다.

장래에는 정말 좋아하는 이 여자아이와 결혼할 것이라고――.

"후후, 오늘은 잘됐다~."

손에 끼워진 반지를 보며 흐뭇한 얼굴로 말하는 리오.

그러다 문득 표정에 그림자가 드리워진다.

"반지, 계속 예쁜 상태로 있으면 좋겠는데……."

"……그렇게는 안 돼. 풀로 만든 반지니까."

"그렇지……. 금방 갈색으로 변해 버려……."

결혼 놀이를 할 때마다 새로 만드는 클로버 반지.

놀고 난 후엔 매번 집에 가져가지만 아무리 소중히 간직하고 싶어도 풀로 만든 반지는 이삼일 만에 변색되어 시들어 버린다.

"진짜 반지였다면 예쁜 게 훨씬 더 오래갈 텐데."

"진짜 반지……."

"저기, 하 군. 그거 알아?"

어린 리오는 가뜩이나 큰 눈을 더 크게 뜨며 몸을 쭉 내밀었다.

"진짜 결혼반지는 말이지…… 플래티넘으로 만들어진대! 엄마가 그랬어."

"프, 플래티넘? 플래티넘이 뭐야?"

"플래티넘은 말이지, 엄청 엄청 굉장한 금속이래! 금이나 은보다도 더 강하고 튼튼한 금속이래!"

"그, 금보다도 더 대단해?!"

크게 놀라는 4살의 나.

하긴…… 당시의 감각으로만 보자면 유치원 운동회 등에서 받는 금으로 도금된 메달이 인상에 강하게 박힌 탓에 최강의 금속은 곧 금이었다.

금메달, 은메달, 동메달.

1등인 사람만이 받을 수 있는 것—— 금.

어린 내게 있어 금은 이 세상에서 가장 대단한 금속이었다.

그래서, 금보다 좋은 소재가 있다는 사실에 충격을 받았다.

"그렇구나. 결혼반지는 금메달보다 더 대단한 거구나."

"맞아! 금메달보다 훨씬 휘얼~씬 더 대단한 거야!"

지금 돌이켜 보면 어린아이들의 철없는 대화였다.

하지만 당시의 나는 진심으로 놀라고, 감동했다.

금보다도 강한, 플래티넘이라는 금속에.

금메달보다 더 굉장한, 결혼반지라는 존재에.

"나는 말이지, 결혼반지는 무조건 플래티넘이 좋아! 엄마랑 아빠랑 똑같은 거. 플래티넘 반지는 몇 년이 지나도 몇십 년이 지나도 계속 반짝반짝한 예쁜 모습 그대로일 테니까."

리오의 눈동자는 눈부실 정도로 반짝반짝 빛나고 있었다.

금보다도 눈부시게, 그야말로 플래티넘처럼.

"그럼── 내가 리오 누나한테 선물할게."

자연스럽게 나는 그런 말을 하고 있었다.

"결혼할 때 플래티넘 반지를 줄게."

"정말?!"

"응! 기서 할부지 회사에 들어가서 돈 많이 빌면 리오 누나한테 금메달보다 더 굉장한 반지를 사 줄 거야!"

"와아~! 고마워, 하 군! 너무 좋아!"

꽃이 만개하듯 웃은 리오가 나를 껴안았다.

어린 시절의, 바보 같을 만큼 눈부신 추억.

그로부터 15년 후. 나와 리오는── 진짜 결혼을 하게 된다.

결혼하여 결혼반지를 끼게 되었다.

다만 그것은, 우리들이 어린 날 마음에 그렸던 결혼과는 상당히 동떨어진 형태가 되어 있었다.

리오와 함께 생활한 이후, 세면실의 수납 공간은 대부분 상대의 물건에 점령되었다.

화장수, 화장수 스프레이, 에센스, 로션, 보습 크림, 바디크림, 핸드크림, 헤어트리트먼트, 헤어오일 등등…… 이름이야 어쨌든 대부분이 미용 관련 용품이다.

내가 혼자 살 때만 해도 텅 비어 있던 세면대는 현재 여성용 미용 제품들로 가득 찼고, 남성용 제품은 한구석에 찌그러져 있었다. 뭐…… 여자와 함께 사는 이상 어쩔 수 없는 일이겠지.

어쩌면 여자 연인과 동거하는 세상의 남자 대부분이 비슷한 생각을 하고 있을지 모른다.

"……하아."

목욕을 마친 후.

잠옷을 입은 난 세면대의 거울 문을 열고 아담한 내 전용 공간에서 화장수를 꺼냈다.

리오처럼 매일 기합을 넣어 스킨 케어를 하는 건 아니지만 목욕 후에 화장수 정도는 발라주고 있었다.

챱챱, 가볍게 얼굴에 바른 후── 자신의 실수를 깨달았다.

"……아차."

왼손의 약지를 바라본다.

그곳엔── 화장수로 질척해진 결혼반지가 있었다.

평소 화장수를 바를 땐 빼고 했었는데 오늘은 깜빡 잊고 말았다.

일단 손가락에서 빼낸 후 물로 씻어냈다.

물론 화장수 정도로 열화가 생기진 않겠지만…… 끈적한 상태로 놔두는 것은 어쩐지 내키지 않았다.

요컨대── 익숙하지 않은 것이다.

반지에 익숙하지 않다.

액세서리를 거의 몸에 걸치지 않았던 나는 일상적으로 귀금속을 몸에 지니고 있는 지금의 상태에 알 수 없는 위화감을 느끼고 말았다.

언젠가는 익숙해질 수 있을까.

반지를 낀 채 핸드크림을 바르거나 손 소독을 하거나, 그럴 수 있을까.

뭐.

언제까지 이 반지를 끼고 있을지는 아직 알 수 없지만.

"…………."

다시 새로 낀 반지를 바라보고 있자 여러 생각들이 떠올라 버렸다.

어린 시절의 일이나── 이 반지를 사러 갔을 때의 일이나.

이런저런 감상에 젖은 채 거실로 돌아가자,

"흥흥~ 흐흥~."

리오도 어쩐지 기분이 좋은 모양이었다.

주방 쪽 테이블에 앉아 이쪽을 등지고 있어 표정은 알 수 없다. 하지만 등이 즐겁게 흔들리며 기분 좋은 콧노래도 함께 들려왔다.

타마키 리오.

내 소꿉친구이자 전 여친으로── 현재는 아내가 되었다.

아아, 아니.

이제 '타마키'가 아니구나.

며칠 전 관공서에 혼인 신고서를 제출하고 우리는 정식으로 부부가 되었다.

그러니 이제 그녀의 성은 '타마키'가 아니라 나와 같은 '이스루기'가 되는 것이다.

"후후. 후후훗."

"……즐거워 보이네."

"——히얏?!"

말을 걸자 리오가 흠칫 등을 떨었다.

"잠깐…… 뭐야, 너?! 갑자기 불쑥 나타나지 마!"

"아니, 평범하게 나타났는데."

"목욕 다 했으면 다 했다고 말해야지. 그보다 드라이기 소리 안 들렸는데…… 너 또 머리 안 말렸어?"

"머리 같은 건 내버려 두면 말라. 너처럼 길지도 않고."

"잘 안 말리면 머리가 상한다니까. 하여간 이래서 인기 없는 남자는 안 돼. 요즘은 남자도 머릿결에 신경을 써야 하는 시대란 말야."

의자에서 일어나 평소와 같은 투로 시비를 걸어오는데—— 일어난 순간 테이블에서 팔랑팔랑 종이 한 장이 떨어졌다.

메모지처럼 보이는 종이였다.

"이게 뭐야?"

"어…… 악, 으악! 잠깐 기다……."

리오의 외침과 동시에 나는 그 종이를 집어 들었다.

이스루기 리오.
메모지에는——— 그렇게 쓰여 있었다.
한 번, 이 아니었다.
크고 작은 모양의 '이스루기 리오'가 손글씨로 가득 차 있었다.
"……뭐, 뭐 불만 있어?"
메모지에서 시선을 옮기자 리오가 얼굴을 붉히며 이쪽을 노려보고 있었다.
그 손에는 볼펜이 쥐어져 있었다.
"그런 건 아닌데."
"말해 두는데…… 글자 연습을 했던 것뿐이야."
따질 생각도 없었는데 리오는 혼자서 변명하듯이 그렇게 말했다.
"앞으로 이름을 쓸 때, 난 타마키 리오가 아니라 이스루기 리오라고 써야 하니까 연습한 거야. 정말 그것뿐이거든……."
"…………."
"하아, 하여간 정말이지…… 귀찮기 짝이 없어. 단순한 위장결혼인데 굳이 호적까지 넣어서는."
그래.
우리들의 결혼은——— 이른바 위장결혼.
교제를 거쳐 결혼에 이른 것이 아닌, 이해관계의 일치로 결혼이라는 수단을 이용했다.

나는 내 사정으로, 리오는 리오의 사정으로 결혼을 해야 하는 상황이었다.

동거 자체는 한 달 전부터 시작했지만 혼인 신고서를 제출하고 정식으로 부부가 된 것은 바로 사흘 전의 일이었다.

리오가 '이스루기 리오'가 된 것은, 사회적으로나 정식적으로나 나의 아내가 된 것은 불과 3일 전의 일——.

"어쩔 수 없잖아. 형식뿐인 사실혼만으로는 누군가에게 들킬 수도 있으니까."

"흥. 넌 좋겠네, 이름이 그대로라. 내 쪽은 정말 힘들어. 할 일이 잔뜩 쌓였다고. 여기저기 등록이나 수속도 전부 다시 밟아야 하고 내일만 해도 학생창구에 가서 서류도 써야 하고……."

"…………."

"정말이지 이 나라는 언제까지 부부는 동성(同姓)이라는 케케묵은 가치관에 사로잡혀 있는 걸까? 이름이 바뀐다는 건 상당한 부담이고 스트레스라고. 여자에게 일방적인 부담을 준다는 걸 전혀 모르고 있어."

"……그런 거에 비해서는."

그저 듣고만 있기엔 화가 났기에 나도 그만 대꾸하고 말았다.

"아주 즐겁다는 듯이 이름을 쓰고 있던데."

"뭣."

"말은 그렇게 하면서…… 내심 들떠있는 거 아니야?"

입에서 나온 말은 도발이기도 했지만—— 동시에 기대를 갖고 한 말이기도 했다.

11

혹시 조금은 들떠 있는 건 아닐까.

나랑 결혼했다는 사실에.

혼인 신고를 하고, 형식뿐이라고는 하지만 정식으로 부부가 될 수 있었다는 사실에.

들뜨고, 신나고, 기뻐해 주고 있지는 않을까.

만약 그렇다면 나는——.

"뭐? 드, 들뜬 적 없어. 하나도 안 들떴거든!"

하지만 그런 부질없는 기대는 완강한 부인과 함께 사라졌다.

"아까는…… 그, 그거야. 내 글씨에 심취해 있었어! 난 글씨에서도 훌륭한 성품이 배어 나오는구나 하고."

"……너 서예 교습 3일 만에 관뒀잖아."

"그건 그거고! 이건 이거!"

강제로 대화를 중단시킨 리오가 내 쪽으로 다가왔다.

"아아, 정말. 비켜, 비켜. 씻고 올 거야. 네 땀과 때로 오염된 쓰고 남은 물이지만 참고 들어가 줄게."

"괜한 소리 하지 마."

리오는 일단 침실로 가서 갈아입을 옷을 준비한 뒤 빠른 걸음으로 욕실로 향했다.

"~~~읏."

세면실 문을 닫고 필사적으로 고동을 진정시켰다.

망했다, 망했어.

어쩌지.

정말, 뭐야 진짜!

대체 왜── 그 녀석에게 이름을 적은 종이를 보인 거냐고?!

아~ 진짜 최악!

결혼해서 잔뜩 들떴다는 걸 다 들켰잖아!

으으…… 제대로 잘 넘겼을까?

처음에는 가벼운 기분으로 써본 것뿐인데…… 정신을 차리고 보니 완전히 흐름을 타서 몇 번이나 이름을 써 버리고 말았다. 까딱 잘못했으면 아예 상대 이름까지 써서 하트 같은 걸 그렸을 지도 모른다.

메모지는 두고 왔지만…… 괘, 괜찮겠지?

사실 이미 꽤 능숙하게 적는다는 걸 들키진 않았겠지?

뭘 숨기랴, 초등학교 저학년 즈음부터 수업 중에도 몇 번이나 '이스루기 리오'라고 쓰는 연습을 했었다. 그러니 이제 와서는 새로운 이름이라는 느낌이 들지 않을 만큼 익숙해졌지만…… 아, 아무리 그래도 그것까지 알아보진 않겠지?

아아, 어쩌지.

뭔가…… 마음이 엄청 둥둥 떠 있다.

이름을 적는 것엔 익숙해졌는데도── 마음은 전혀 익숙해지 지 않았다.

'이스루기 리오'가 되었다는 사실이, 정식으로 부부가 되었다 는 사실이 참을 수 없을 만큼 마음을 뒤흔들고 있었다.

"⋯⋯읏."

말할 수 없는 감정이 넘쳐흐른다. 손에는 리오가 남기고 간 메모지. 그걸 보면 볼수록⋯⋯ 얼굴이 붉어지는 걸 느꼈다.

아아, 젠장.

대체 뭐냐고, 이 기분은.

그 녀석이 '이스루기 리오'라고 썼다.

몇 번이고 몇 번이고 썼다.

겨우 그것만으로── 왜 이렇게 마음이 진정되질 않는 거지?

같은 성이 되어, 새롭게 바뀐 이름을 쓰고 있는 모습이⋯⋯ 어쩐지 사랑스러워서 견딜 수가 없다. 아아, 정말로 내 아내가 되었구나, 하고 새삼스레 실감한다.

우와⋯⋯ 좀 아니다.

내가 생각해도 내가 징그러워.

이런 걸로 들떠있으면 안 되지.

그 녀석이랑 나는── 단순한 위장결혼.

저쪽은 이미 나 같은 건 아무렇지도 않을 거라고.

그래, 맞아.

우리는 단순한 위장결혼.

서로의 이해가 일치해서 결혼한 것뿐.

하루는 이미 나 같은 건 다 털어버렸을 거야.

혼인 신고한 지는 얼마 안 됐지만 동거한 지는 한 달이나 지났다. 이제 와서 이름 같은 걸로 난리를 피우다니…… 어차피 나 혼자만의 감정일 텐데.

아아, 정말 최악이야.

왜 나만 이렇게 안달복달해야 하는 거야?

☀

젠장.

정말 성가시다고.

어차피 이렇게 안달복달하는 건 나뿐이겠지.

리오 쪽은 이미 나 같은 건 털어버리고——.

아니.

혹시 조금은 의식하고 있는 게 아닐까.

아까의 즐거워 보이는 뒷모습이 뇌리를 스쳤다.

역시 리오는 아직 나를…… 아니, 아니야. 말도 안 돼. 전 여친이 아직까지도 나한테 마음이 있다니, 그런 속 편한 이야기가 어디 있겠어. 그런 건 남자의 꼴사나운 소망과 집념일 뿐이다.

……하지만, 말은 그렇게 해도 어쩌면——.

✱

혹시…… 하루도 조금 정도는 기뻐해 줄까?
두근거림을 느끼거나, 고민하거나 할까?
아직 나를 조금은 의식하고 있──.
아니…… 그, 그럴 리가 없지.
응, 없어.
2년도 전에 헤어졌고, 나에 대해서는 아무 감정 없을 거야.
이 위장결혼은 하루가 내 본가를 구하기 위해 해준 것뿐이야.
그것뿐.
알고 있어. 알아, 안다고.
……하지만, 어쩌면──.

☀ & ✱

바보 같은 생각이라는 건 잘 알지만, 그렇다 해도 바라고 만다.
바보 같단 걸 알지만, 그래도 바라는 마음을 억누를 수 없다.

리오가 아직 나에게.
하루가 아직 나에게.

미련이 가득 남았다면 좋을 텐데.

제1장 우연 속옷

＊

　다시 생각하면…… 아니, 생각할 필요도 없는 일이지만 1LDK(일본식 집 구조로 침실 한 개와 거실, 다이닝, 주방으로 구성된 구조)라는 거주 공간은 두 명이 살기엔 조금 비좁다고 할 수 있다.

　아주 간략하게 말하면── 나뉜 공간이 두 개밖에 없는 셈이니까.

　거실과 다이닝, 주방이라는 한 공간에 침실 방 하나.

　생활공간과 자는 방 하나씩밖에 없다.

　사적인 공간은 거의 없는 수준.

　함께 사는 사람과 온종일 얼굴을 마주하게 된다.

　뭐, 연인 사이라면 큰 문제는 없을지도 모른다.

　마음을 허락한 사랑하는 사람이라면 방의 넓이 같은 건 분명 신경 쓰지 않을 것이다. 실제로 커플이 동거하는 집으로 1LDK는 인기가 많다고 한다.

　하지만.

　하지만 말이다.

　우리는── 커플이 아니다.

　서류상으로는 결혼했지만 그건 어디까지나 위장결혼.

　사랑을 맹세한 부부가 아니다.

　……한때 그런 관계였던 적은 있지만, 지금은 옛날이야기.

그렇다 보니 서로 신경 써야 할 부분이 많았다.

위장 부부── 요컨대 연인 사이가 아닌 남녀가 한 지붕 밑에 사니 주의할 점이 많아져도 이상할 건 없다.

옷 갈아입기, 목욕, 화장실…… 등등.

그런 사생활 짙은 부분에서도 최대한 서로를 배려해야 한다.

물론 그런 점은 동거 전부터 충분히 염두에 두고 있었다.

그래서 나도 가능한 한 조심했고, 리오 쪽도 나름대로 신경을 써 주고 있었을 것이다.

하지만.

이런 독특한 동거 생활도 어느덧 한 달이 훌쩍 지났다.

인간이라는 것은 무서운 생물이라, 이런 말도 안 되는 상황도 매일 같이 지내다 보면 서서히 익숙해지는 법이다.

방심을 한다고 할지, 긴장이 느슨해진다고 할지.

어쨌든 나는── 결국 일을 치고 말았다.

"──아."

이른 아침이었다.

드르륵 하고.

세면실 쪽 미닫이문을 열고, 몸이 굳었다.

변명을 해보자면…… 나는 이 동거 생활을 시작한 뒤로 세면실이나 화장실 문은 최대한 노크를 하려고 했다.

그게 사람으로서의 매너이기 때문이다.

그러나 동거 한 달 만에 기어이…… 결국 노크를 잊어버리고 만 것이다.

결국은 방심을 했고, 익숙해졌다는 거겠지.

자고 일어나 멍해진 머리로 아무 생각 없이 미닫이문을 열어 버렸다.

"——흐앗?!"

세면실에 있던 리오 역시 갑자기 괴성을 지르며 몸을 굳혔다.

그 모습은—— 한마디로 말해 '옷을 갈아입는 모습'이었다.

상체는 이미 브래지어뿐.

하체는 이제 막 벗으려던 건지 허벅지까지 내려와 있었다. 그래서 속옷이 전부 보였다.

자세는 자연스럽게 앞으로 굽혀져 있어서—— 우연이겠지만 내 쪽으로 가슴 계곡을 완전히 어필하는 포즈가 되고 말았다.

어른스러운 디자인의 브래지어에 감싸인 풍만한 가슴. 깊은 계곡으로 시선이 빨려 들어갈 것 같았지만 잘록한 허리에서 엉덩이까지 드러난 관능적인 라인 역시 눈길을 사로잡——.

"……뭐, 뭐야!"

나보다 빨리 정신을 차린 리오가 황급히 몸을 숨기듯 허리를 뒤틀었다.

"언제까지 볼 거야, 멍청아!"

"미, 미안!"

새빨개진 얼굴로 고함치는 소리에 나는 겨우 정신을 차렸다.

부리나케 몸을 뒤로 빼고 미닫이문을 닫았다.

그대로 등 뒤의 벽에 몸을 기댄 채 머리를 감싸 안았다.

"……저질렀다아."

후회와 흥분이 동시에 느껴지는 복잡한 기분이었다.

동거를 시작한 지 벌써 한 달.

나는 결국 동거 생활에 있어 꽤나 정석적인 이벤트를 경험하고 말았다.

아침 식사를 시작한 뒤에도 리오는 여전히 심기가 불편해 보였다.

"하아, 최악이야."

토스트에 잼을 바르면서 불만이 담긴 시선을 이쪽으로 향한다.

"옷 갈아입는 걸 들여다보다니 정말 믿기지가 않네."

"……들여다본 게 아니야. 그건 사고였어."

"보통 노크 정도는 하지 않아? 그게 이성이랑 함께 지낼 때의 매너고."

"그러니까…… 오늘은 깜박했대도. 진짜 미안해. 몇 번이나 사과했잖아. 이제 그만 용서해 줘."

"흥이다. 사과하는 정도로 보는 걸 용서한다면 세상의 모든 남자들은 기뻐하면서 사과할걸. 하물며 내가 옷을 갈아입는 장면은 감상료를 받아야 할 수준이라고."

여전히 자기 평가가 높은 아가씨다.

체념한 심정으로 앉아 있는데 리오가 빤히 나를 바라봤다.

"……너 설마 일부러 그런 건 아니겠지?"

그리고 볼을 약간 붉힌 채 말도 안 되는 트집을 잡아 온다.

"뭣, 무슨 소릴 하는 거야."

"노크를 잊은 척하면서, 우연을 가장해 벗은 모습을 들여다보려고 한 거……."

"아니야! 그런 짓을 할 리가 없잖아!"

"하지만 너…… 한참 동안 뚫어지게 쳐다봤잖아."

"으…… 그, 그건."

수치심과 분노를 담은 책망에 난 말을 잇지 못했다.

그 점을 지적받으면 할 말이 없다.

사실…… 나는 그때 상당히 멍하니 보고 있었다.

벗은 리오의 모습이 너무 아름답고 매력적이라…… 그리고 심하게 야해서 그만 넋을 잃고 보고만 것이다.

하지만 그 사실을 인정할 수는 없었다.

"……놀라서 굳었던 것뿐이야."

"흠, 글쎄. 뭐, 그 마음은 이해하지만~."

분노하던 얼굴 위로 서서히 우월감 짙은 미소가 떠오르기 시작했다.

"내 속옷 차림은 하루에겐 자극이 강했을 테니까. 무심코 뚫어져라 쳐다보게 되는 심정을 모르는 건 아니야. 그만큼 내가 매력적이라는 거지. 하아~ 전 남친마저 달아오르게 하다니 난 죄 많은 여자라니까."

어딘가 도취된 듯한 말투로 놀림을 당하자 나도 머리에 피가 쏠렸다.

"……자의식이 너무 지나친 거 아니냐. 네 벗은 모습에 그렇게까지는 관심 없어."

"으우⋯⋯."

그러자 리오는 못마땅하다는 표정을 지어보였다.

"센 척하기는, 내심 기뻤으면서."

"안 기뻐."

"내심 보고 싶었으면서."

"안 보고 싶어."

"⋯⋯으윽."

뺨을 부풀린 채, 눈동자엔 분노의 불꽃이 이글거린다.

"뭐야! 정말 고집불통이네! 인정하라고, 내 옷 갈아입는 모습을 봐서 기뻤다고! 감사합니다, 리오 님 하고 엎드려 절하라고!"

"화내는 방향이 이상하잖아?!"

사죄가 아니라 감사 인사를 하라니 그게 무슨 말이야.

그런 상황에서 감사한들 불쾌할 뿐이잖아.

그긴 그거대로 화낼 섯 같은데.

"⋯⋯흥. 이제 됐어."

리오는 토라진 얼굴로 이야기를 중단했다.

"어느 쪽이든 젊은 아가씨를 욕보인 죄는 달라지지 않아. 그 벌로⋯⋯ 넌 오늘부터 일주일간 욕실 청소를 맡아."

"네네, 알겠습니다."

항복하듯이 두 손을 들어 보였다.

어쨌든 이번 일은 내 실수였다.

이 정도의 벌이라면 달게 받도록 하자.

그보다 애초에── 이 동거 생활에서 욕실 담당은 하루마다

교대되기 때문에 일주일이라고 해도 실질적으로는 3일 정도가 늘어난 것뿐이다. 여대생의 벗은 몸을 봐버린 벌치고는 상당히 약하다고 봐도 좋겠지. 이 정도 벌에서 끝내준 것에 감사해야 할지도 모른다.

……라고.

그렇게 일단락되었다고 생각한 나였지만──. 그러나 나는 머지않아…… 구체적으로는 바로 이날 저녁에 뼈저리게 느끼고 말았다.

이 사건은 또 다른 파란의 서장에 불과했다는 것을.

그날 밤.

직접 청소한 욕조에 직접 물을 넣고 곧바로 들어갔다.

목욕 순서에 관해서 명확한 규칙을 정하지는 않았지만 이래저래 내가 먼저 들어가는 경우가 많았다.

나로서는 내 다음으로 욕조에 여자를 들이는 것에 약간의 저항감이 있었고, 분명 리오도 먼저 욕실에 들어가고 싶을 거라 생각했다만.

"재촉당하는 것 같아서 싫어. 내 페이스에 맞게 여유롭게 하고 싶으니까 너 먼저 들어가."

오히려 그런 말을 들었다.

내 뒤에 들어온다는 스트레스보다 목욕 시간을 재촉당하는 스트레스가 더 위였던 것 같다.

"……후우."

첨벙, 소리를 내며 욕조에서 나왔다.

평소대로 총 15분 정도 걸린 목욕이었다.

접이식 문을 열고 세면실 쪽으로 나와 목욕 수건으로 몸을 닦았다.

문득 생각한다.

목욕도 꽤 익숙해졌네, 라고.

동거를 막 시작했을 땐 리오가 있는 상황에서 옷을 벗거나 목욕을 하는 것 자체도 어쩐지 묘하게 부끄러웠다.

그래서 세면실 안쪽 문은 항상 잠가뒀고 목욕 후엔 몸을 다 닦기도 전에 서둘러 팬티 먼저 입었다.

뭐라고 할까…… 실로 여자에 익숙하지 않은 동정다운 행동이었다고 생각한다.

하지만 동거를 시작한 지 벌써 한 달.

역시—— 많이 익숙해졌다.

안쪽 열쇠 같은 건 일일이 잠그지도 않았고 팬티도 몸을 다 닦고 나서 입었다. 혼자 살던 때와 똑같이 지낼 수 있게 된 것이다.

그래.

그러니까 결국—— 이후에 일어날 해프닝 역시 이 익숙함 때문이겠지. 나도, 그리고 상대도 이 특수한 상황에 점점 익숙해져서 마음이 해이해진 것이다.

드르륵 하고.

세면실의 문이 열렸다.

안쪽에서 잠그지도 않았기에 실로 부드럽게.

"······어?"

흠칫 놀라는 나.

그곳에 서 있던 건── 리오였다.

"흐엑?!"

상대 역시 눈을 휘둥그레 떴다.

무리도 아니다.

왜냐면 난── 아직 팬티도 안 입었으니까.

목욕을 마치고 목욕 수건으로 몸을 닦고 있던 차에, 그것도 하필 머리를 닦고 있던 참이었다.

하체를 가리는 것은 아무것도 없는 완전한 노출 상태──.

"힉······ 꺄아아악!"

리오가 얼굴을 붉히며 새된 비명을 질렀다.

자신의 벗은 모습을 보였을 때보다 더 과한 반응이었다.

"진짜 싫어, 뭘 보여주는 거야, 멍청아!"

"미, 미안!"

나는 반사적으로 사과를 하고 사타구니를 수건으로 가렸다.

냉정하게 생각하면 잘못한 건 아무것도 없는데.

"하아아. 최악이야."

테이블에 마주 앉은 리오가 디카페인 커피를 한 손에 들고 말했다.

오늘 아침과 똑같은 대사였지만 오늘 아침보다 얼굴도 불그스름하고 어투도 약간 센 느낌이었다.

"정말 믿을 수가 없네. 오늘은 성실하게 대학도 가서 강의 듣고 지쳐서 돌아왔는데……, 하루의 마지막에 그런 광경을 보게 되다니……."

"…………."

"하여간. 넌 왜 열쇠를 안 잠근 거야? 남이랑 같이 살면서 그런 매너는 좀 지켜야지."

"…………."

"서, 설마 일부러 그런 건 아니겠지? 내게 누드를 보여주면서 억지로 야한 분위기를 만들려고 했다거나……! 흐, 흥! 안됐네! 난 그렇게 가벼운 여자가 아니거든!"

"…………."

"하아. 뭐, 됐어. 너도 반성하고 있는 것 같고 이번만큼은 용서해 줄게. 그렇다 해도 젊은 아가씨를 욕보인 죗값은 치러야겠지. 목욕 청소 2주로 연장이야."

"──잠깐 기다려."

나는 말했다.

상대가 하고 싶은 말을 전부 끝낸 순간에, 속으로 참았던 말을 뱉었다.

"아니, 이건 아니지…… 이상해. 이상하잖아. 진짜 이상해."

"뭐가 이상한데?"

"대체 왜── 내가 나쁜 놈이 되어 있는 건데?"

보인 건 내 쪽인데.

이번에는 아무 잘못도 없을 텐데.

"잘 들어. 오늘 있었던 일들을 냉정하게 되돌아볼 테니까."

최대한 마음을 가라앉히며 나는 말했다.

"우선은 아침의 사건. 나는 그만 실수로 노크도 하지 않고 세면실의 문을 열었고 네 벗은 몸을 보고 말았어. 이 경우 잘못한 건 누구지?"

"너지."

"그래. 사고라고는 하지만, 여자의 벗은 몸을 보게 됐으니까. 잘못한 건 나야. 그래서 제대로 사과했고 벌도 받아들였어."

응응, 과장되게 고개를 끄덕인 나는 계속 말을 이었다.

"그럼 다음, 조금 전 사건. 네가 실수로 노크도 하지 않고 세면실 문을 여는 바람에 난 알몸을 보이고 말았어. 이 경우 잘못한 건 누구지?"

"너지."

"그래, 거기! 거기가 이상하다고!"

이때다 하고 내가 소리를 질렀다.

"어째서?! 서로 같은 실수를 했는데 왜 둘 다 나만 나쁜 놈이 되는 거지?! 뭐야, 이 부조리는?!"

부조리에도 정도가 있지.

알몸을 보면 내가 나쁜 놈.

그리고 알몸을 보여도 내가 나쁜 놈.

이게 뭐야?

이 세상은 이렇게나 남자에게 부자유한 세상인 건가?

"그, 그건……."

지적을 받고 짚이는 부분이 있었는지 리오가 말을 잇지 못했다.

"그러니 이번엔 내가 피해자고 네가 가해자다. 그러니 정식 사과를 요구한다."

"뭐? 왜 내가 사과를 해야 하는데?"

"네 부주의로 남의 알몸을 봤으니까."

"보, 보고 싶어서 본 게 아니야."

"나도 보고 싶어서 본 게 아니야. 하지만 제대로 사과했어."

"큭……. 하, 하지만 이런 건 남녀가 다르잖아? 여자와 남자가 똑같이 알몸을 보여도 그, 뭐지…… 받는 충격이 다르다고!"

"음……."

그건 확실히 맞는 말이다.

알몸이나 속옷을 보였을 때의 데미지는 아마 여자 쪽이 더 크리라.

까놓고 말해서 속옷을 보인 정도로, 남자에게 타격 없으니까.

오히려 이쪽이 마음을 써야 한다.

'아아, 불쾌한 모습을 보여드려 죄송합니다'라고.

"……말하고자 하는 바는 알겠어. 하기야 남녀가 다른 부분이 있겠지. 하지만 이번만큼은 남녀차이를 보완하고도 남을 격차가 있다."

"격차……?"

"넌 속옷이었지만, 난 알몸을 보였다고."

"~~~?!"

"이 차이는 크지…… 않냐…….."

리오는 얼굴을 붉혔고, 그 반응에 나 역시 수치심이 밀려왔다.

우왓, 위험해.

급격히 부끄러워졌어.

그래. 나 완전히 보여 버렸지, 참.

리오에게 전부, 숨김없이.

사귀었을 때도 보여준 적 없었는데.

"……화, 확실히 알몸을 보긴 했지만, 그래도…… 그렇다고 해서 내가 나쁘다고는 할 수 없잖아?"

"뭐?"

"그야── 나, 남자라는 건 원래 보이면 기뻐하지 않아?"

"뭐랏?!"

"나처럼 귀엽고 예쁜 여자애한테 고…… 아니! 하반신을 보인 거라고?! 오히려 감사해야 하는 거 아니야?!"

"바보냐! 보여서 기뻐하는 놈은 특수한 취향을 가진 놈들뿐이 잖아!"

난 결단코 기뻐하지 않았다.

리오에게, 지금도 아직 미련이 가득한 전 여친에게, 사귀던 무렵에도 보여주지 않았던 비부를 보여 버렸다고 해서 흥분하는 일은──.

…………

아니, 없어!

없어! 절대로 없어!

"그렇게 화낼 필요는 없잖아…… 급한 상황이라 거의 보이지도 않았어."

얼굴을 붉히면서도 억지로 꾸며낸 듯한 미소를 지어 보인다.

"그러니까 안심해. 저기 왜, 그거 말이야…… . 덮여 있는지 아닌지 잘 못 봤으니까!"

"누가 덮여 있는지 아닌지를 얘기했는데?!"

"어? 아니었어?"

"당연히 아니지!"

"그럼, 설마 사이즈……? 으음…… 난 다른 사람 걸 본 적이 없으니까 사이즈는 잘 모르겠고……."

"사이즈도 아니야! 아까부터 대체 무슨 얘기야?!"

"그, 그게, 하야시다가 전에 말했단 말이야. 남자는 사이즈나 덮여 있는지 어떤지를 엄청나게 신경 쓰는 생물이라고……."

무슨 교육을 하는 거야, 하야시다 씨.

아니, 뭐…… 틀린 건 아니지만!

올바른 성교육일 수도 있지만!

"그런 차원의 이야기를 한 게 아니야. ……그리고 난 딱히 덮여 있지도 않고, 사이즈도 콤플렉스가 아니니까 아무래도 상관 없어. 진짜로 아무래도 상관없거든."

"……아무렇지도 않다면서 엄청 강조하네."

"아무튼!"

억지로 화제를 끊어냈다.

"일단 사과해. 그걸로 전부 없던 일로 하자. 응, 그게 좋겠어."

"……으우."

심란한 얼굴을 짓는 리오. 아마 머리로는 잘못을 이해하지만, 자존심이 방해하는 느낌이었다.

"……알았어."

몇 초 신음하더니, 이내 말했다.

"확실히 나한테도 잘못이 있었을지도 몰라."

"오오."

다행이다. 말이 통했어.

그렇겠지. 리오도 이제 어린애가 아니다. 스무 살이 넘은 어른이니까. 제대로 논리적으로 말하면 알아주는 거야.

"다만 한 가지 조건이 있어."

가볍게 감동하며 듣고 있었는데, 손가락 하나를 들어 보이며 덧붙인다.

"조건?"

"나도 내 잘못을 인정할 테니까…… 너, 너도 이제 인정해."

"인정하다니 뭘를?"

"그러니까! 내 속옷 차림을 봐서…… 사, 사실은 기뻤다고."

"……뭐?! 왜, 왜 그렇게 되는데."

"네가 도무지 인정하질 않잖아! 오늘 아침에도 그래. 몇 번을 물었는데 계속 시큰둥한 태도로……."

"그건……."

"……나, 나도 조금은 충격이라고. 벗은 몸을 보인 남자에게 보고 싶어서 본 게 아니라는 둥 관심 없다는 말을 들으면……."

목소리는 점점 작아지고 눈동자는 불안하게 흔들린다.

의외였다.

단순히 벗은 몸을 보인 것만이 아니라, 그 후 내가 보인 반응에도 리오가 상처를 입었다니.

……아아, 젠장.

어째서냐.

어째서 모르는 거냐고.

흥미 없다든가,

그런 말—— 본심이 아닐 게 뻔하잖아.

"너도 바보네."

"바, 바보라니 뭐야. 난 진지하게……."

"그런 상황에서—— 진심을 말할 수 있었겠냐."

"어……."

"마, 말해두지만 하늘에 맹세코 고의는 아니었어. 보고 싶어서 본 게 아니라는 건 사실이야. 하지만…… 보고 싶지 않았냐고 한다면 또 다른 얘기지."

"…………."

"그야 나도 남자니까…… 리오처럼 예쁜 여자가 옷을 갈아입는 모습이라든가, 속옷 같은 걸 보고 싶지 않다고 하면 거짓말이고……. 그러니까, 뭐. 기쁜 감정도 없지는 않았다고 생각해."

스스로도 웃음이 날 만큼 에두른 표현이었다.

하지만 결국—— 그게 본심인 거다.

벗은 몸을 본 순간 이게 웬 횡재인가 싶었다.

뜻밖에 마주한 운 좋은 상황이었다.

행운이었고, 성적 흥분을 자아내는 상황이었다.

"……흐, 흐음. 그렇구나……."

리오는 아주 잠시 안도의 표정을 짓더니.

"후후, 역시 기뻤던 거 맞네."

만족스럽다는 얼굴로 빙긋 웃었다.

"이 변태. 호색한. 엉큼하긴~."

"큭, 네가 말하라고 했잖아……."

"하아~. 세상에. 우리 남편은 상당한 변태 기질이 있었네. 앞날이 걱정돼."

이겼다는 듯이 말한 리오는 자리에서 일어났다.

"뭐, 솔직하게 인정했으니까 특별히 봐줄게. 감사하도록 해."

"그거 고맙네……가 아니잖아! 어째서 네가 용서해 주는 흐름이 되는 거냐고! 내가 인정하면 네가 사과하겠다고 했잖아!"

"아~ 그랬지, 참. 네네, 미안미안. 앞으로 조심할게요~."

놀라울 만큼 성의 없는 사과를 하고는 가벼운 발걸음으로 침실 쪽으로 사라졌다.

홀로 남겨진 나는 천장을 멍하니 쳐다볼 수밖에 없었다.

"……하아."

왜 이렇게 된 거지.

완전히 당한 기분이다.

뭐, 어쩔 수 없는 문제겠지만.

남자와 여자가 이런 문제로 싸운다면 어찌 되었든 남자는 여자를 이길 수 없었다.

게다가 생각 여하에 따라서는 난 상대의 벗은 몸을 본 데다 내 비부를 보였으니 전체적으로도 대승리라고도 할 수 있……지는 않지! 아니야! 보이고 싶지 않았다고.

결코 흥분 같은 건 안 했다.

난 보여주면서 흥분하는 변태가 아니야.

"……음?"

번뇌하며 머리를 쥐어뜯고 있는데 테이블 위에 리오의 스마트폰이 놓여있는 게 보였다.

깜빡 잊고 간 모양이었다.

잠시 생각한 나는 스마트폰을 들고 리오에게 전해주러 갔다.

어차피 또 오늘도 욕실에서 느긋하게 몸을 담그고 여자 연예인의 메이크업 영상이나 쇼핑 영상 같은 걸 보겠지. 이미 욕실에 들어간 뒤에 가져오라는 명령을 듣는 것도 귀찮으니까 아예 기지고 가주마—— 하고.

그런 생각으로 한 행동이었지만, 예상은 완전히 빗나갔다.

나중에 알게 된 사실이지만—— 오늘의 리오는 내가 돌아오기 전에 샤워를 끝냈기 때문에, 밤에는 목욕할 생각이 없었던 것 같다.

즉 침실로 돌아온 그녀가 무엇을 하고 있었냐면——.

"어이, 리오. 스마트폰 안 가져갔……."

"꺄악!"

리오는—— 옷을 갈아입는 중이었다.

더 정확히 말하자면 실내복 반바지를 내리려던 타이밍이었는지, 이쪽을 향해 동그란 엉덩이를 내민 자세가 되어 있었다.

속옷에 감싸인 엉덩이가 정통으로 드러나고 말았다.

흥분……보다도, '또냐'라는 마음이 더 강했다.

"대체 어째서……?!"

"뭐어?! 잠깐, 남의 엉덩이를 보고 그 반응은 대체 뭐야?!"

일단락되어야 했을 논쟁이 다시 재연된다.

완전히 원점으로 돌아가 우리는 다시 싸웠지만, 그 후의 흐름은 중략.

남녀 동거에 있어서 높은 비율로 발생하는 해프닝은 고질적인 문제로 앞으로도 우리를 괴롭게 할 것 같았다.

제2장 바람 논쟁

☀

《이스루기 부동산 역전 지점》

내가 아르바이트하는 가게의 이름이다.

이름에서도 알 수 있듯이 부동산이고, 이름에서도 알 수 있듯이 역 앞에 있으며, 또 이름에서도 알 수 있듯이—— 내 본가가 경영하고 있는 회사다.

이스루기 가문은 이 근방에서는 그럭저럭 알아주는 지주 집안.

폭넓은 사업을 하고 있지만, 특히 공을 들이고 있는 부분은 부동산 관련 분야. 조상 대대로 소유한 토지를 운용해 이익을 창출하는 사업이다.

나도 아버지와 할아버지에게 장래엔 그룹의 부동산 부문에서 일하라는 뜻을 전해 들었기에 지금은 부동산 계열 자격증 취득을 위해 공부에 힘쓰고 있다.

그래서.

그런 내 아르바이트 장소 역시 본가에서 경영하는 부동산업. 거기서 사무작업이나 잡다한 허드렛일을 하고 있었다.

……냉정하게 생각하면 회사의 도련님이 아르바이트를 하러 오는 건 일하는 사람 입장에서는 더없을 만큼 귀찮은 일일 것이다.

나도 그런 사정은 잘 알고 있었지만 여기엔 사정이 있다.

아버지 왈.

"학비도 대주고 있고 살 곳도 마련해 줬다. 생활비 정도는 네가 알아서 해. 히카루도 소라도 다 그렇게 했다."

그러나 한편으로 어머니 왈.

"아버지는 저렇게 말하지만…… 아르바이트하는 곳은 좀 더 생각해 보는 게 어떠니? 역시 세간의 눈도 신경 쓰이는 법이니까. 형들 둘이 편의점 아르바이트할 때 엄마가 주변에서 이런저런 말을 좀 들었거든……. 우리 같은 집안이 애들한테 아르바이트 시키면 불편하게 느끼는 사람도 많은 것 같고……."

……부탁이니까 두 사람 선에서 의견을 통일해, 라는 심정이었다.

그 후 셋이서 의논한 끝에 이스루기 관련 회사에서 아르바이트를 한다, 라는 결론이 나왔다. 우리 회사에서 일하고 있으니 세간에서도 '아아, 장래를 위해 지금부터 일을 하는 거구나' 정도로 생각해 주겠지.

나로서는 불편하기 짝이 없지만…… 그래도 뭐, 고마운 부분도 있다.

어차피 아르바이트를 한다면 장래에 도움이 되는 일을 하고 싶다고 생각했기 때문이다.

사무 작업이 중심이라고는 하지만 아마 장래 일하게 될 부동산업과 이어진 일이다. 직원에게 자격증 시험에 관한 조언도 받을 수 있어서 그렇게 나쁜 일만 있는 건 아니었다.

이래저래 대학 입학 직후부터 계속 일하다 보니—— 어느덧 1년.

1년 정도 일하면 어느 정도의 인간관계도 만들어지는 법이다.

"여, 하루 군."

아르바이트 중이었다.

부동산 2층의 자료 창고.

부탁받은 자료와 서류를 정리하고 있는데 상황을 보러온 직원, 아사가 씨가 평소처럼 가벼운 어조로 말을 걸어왔다.

"진행 상황은 어때?"

"뭐, 순조로워요. 곧 끝날 겁니다."

"호오, 그래그래. 그거 다행이군."

농담조로 그렇게 말하더니 생각났다는 듯이 말을 이었다.

"아, 맞아. 부탁했던 택건(택지 건물 거래사) 교재, 내가 예전에 쓰던 거 가져왔으니까 알바 끝나면 가져가."

"정말요? 감사합니다."

"괜찮대도. 어찌 됐든 하루 군은 우리 회사 자제분이잖아. 언센가 내 상사가 될지도 모르니 지금부터 미리 잘 보여야지."

어디까지가 진심인지 알 수 없는 말을 들은 나는 쓴웃음을 지을 수밖에 없었다.

아사가 토시야 씨.

왁스로 세팅한 머리와 의도적으로 기르고 있는 턱수염. 나이는 35살. 한마디로 말하자면 멋지고 세련된 아저씨라는 느낌이었다.

몇 년 전 이혼하고 현재는 자유로운 독신 생활을 만끽하고 있다는 것 같다.

부동산 영업 면에서는 상당히 우수해서 이 지점에서 항상 상위권의 영업 실적을 내고 있었다. 그룹의 직계라는 아주 성가신 위치에 있는 나에게도 스스럼없이 대해주고 시간이 날 땐 자격증 공부에 대한 상담을 해주기도 했다.

"하지만 하루 군, 공부도 좋지만 사적인 부분은 괜찮아?"

"사적인 부분?"

"신혼 생활은 문제없냐는 얘기야."

아사가 씨가 짓궂은 미소를 띠며 물었다.

"그건 뭐, 나름대로요."

"정말~? 걱정인데. 하루 군은 진지한 면이 있으니까. 매일 제대로 사랑의 말을 속삭여 주고 있어?"

"그, 그건……."

속삭이고 있을 리가 없지.

위장결혼이니까.

뭐…… 마음이 통해 사귈 때도 그렇게까지 온 힘을 다해 애정 표현을 하지는 않았지만.

"결혼 생활은 말이지, 가끔 100점짜리 선물을 하는 것보다 매일같이 10점을 쌓는 게 더 중요해. 어때? 이혼한 아저씨가 말하니까 설득력이 남다르지?"

"아하하……."

반응하기 어려운 자학 개그였다.

눈치껏 웃음으로 얼버무릴 수밖에.

"그나저나…… 정말 결혼한 거구나, 하루 군."

"뭡니까, 새삼스럽게."

"왠지 실감이 안 나서. 뭐, 하루 군 나름대로 이런저런 시간들을 보내고 한 결혼이겠지만…… 내가 보기엔 귀여워하던 대학생 알바생이 하루아침에 기혼자가 된 느낌이거든."

"──동감이에요."

그때, 우리의 대화를 비집고 들어오는 여자 목소리.

그곳에 있던 건── 아르바이트생인 카노 씨였다.

오늘은 쭉 나와 함께 창고에서 작업을 하고 있던 그녀는 선반 건너편을 담당하고 있었다. 우리들의 대화가 들렸나 보다.

"저도 아직 믿기지가 않아요. 하루 씨가 결혼해 버렸다니."

어딘가 어이없어 보이는 어조로 말하며 이쪽으로 걸어온다.

"역시 치유리도 그렇게 생각해?"

"당연히 생각하죠. 그야 하루 씨 지금 19살이잖아요. 그 나이에 결혼한 대학생이 어디 있어요."

이시기 씨의 물음에 괴장되게 놀란 얼굴을 헤 보이는 카노 씨. 어깨선까지 오는 손질된 머리와 부드러운 눈매. 청초하고 밝은 분위기를 가진 소녀다.

카노 치유리.

나와 같은 대학에 다니는 여학생으로 학부는 다르지만 학년은 같다.

현재는 이 부동산에서 함께 아르바이트를 하고 있다. 내가 2개월 정도 먼저 일을 시작해서 일단 여기서는 선배 취급을 받고 있었다.

동갑이니 반말을 해도 된다고 했지만, '아뇨, 여기서는 후배니

까요'라는 묘한 의리를 발휘하며 아직까지 존댓말로 일관하고 있다.

밝고 상냥한 성격으로 소통 능력도 뛰어나 이 직장에서는 남녀 불문 인기가 높았다.

아르바이트를 시작한 지 일주일 정도 만에 선배인 나보다도 직장에 더 잘 적응해 있었다.

······뭐라고 하지, 이 기분을.

자신이 속한 커뮤니티에 뒤늦게 참가한 녀석이 자신보다 압도적으로 그 커뮤니티에 잘 녹아들면 말로 표현할 수 없는 씁쓸함이 느껴진다.

"정말 갑자기 결혼하는 느낌이었으니까요."

카노 씨가 쓰게 웃으며 어깨를 으쓱해 보였다.

"제가 여자 친구 있는지 물었을 땐 그런 거 없고 만들 생각도 없다는 삐딱한 소리만 하시더니······ 그리고 한 달쯤 지나서 갑자기 결혼식 준비로 알바 쉰다 그러고."

"하하하······ 뭐, 집안 사정이랑 이런저런 일이 좀 있어서."

"흐음, 역시 그런 게 있는 거군요."

"그야 그렇겠지. 하루 군 부부는 양쪽 다 좋은 집안의 아가씨와 도련님이니까."

아사가 씨는 어딘가 달관한 듯한 어조로 말했다.

"하루 군은 이스루기 집안 삼남에, 부인은 '타마키야'의 하나뿐인 딸이잖아. 자유롭게 결혼하고 이혼할 수 있는 우리들 서민이랑은 다르다는 거지······."

이혼남의, 역시나 반응하기 어려운 자학 대사였다.

"……뭐, 저도 여러모로 힘들죠. 집안이 집안인지라."

애매하게 얼버무렸다.

변명하면 할수록 허점이 드러날 것 같아서 그저 집안 사정이라는, 남이 따져 묻기 어려운 이유로 얼버무릴 수밖에 없었다.

어딘지 모르게 부정적인 분위기를 내버린 탓일까.

"……하루 씨. 결혼한 거 후회하지 않으세요?"

카노 씨가 그런 것을 물어왔다.

"후회…….."

"그야 아무리 생각해도 너무 빠르잖아요. 하루 씨는 아직 저랑 똑같은 대학생이라고요. 그런데 벌써 인생의 반려자를 정해버리다니……."

어조가 점점 열기를 띠어갔다.

"좀 더, 뭐라고 해야 하나…… 다른 여자한테도 눈을 돌려서 인생 경험을 많이 쌓는 편이 좋지 않았을……."

"다른 여자?"

"……아니, 앗."

의미를 알 수 없어 되물으니 카노 씨가 아차 하는 얼굴을 지어 보였다.

"아, 아무것도 아니에요! 죄송해요, 모처럼 경사스러운 일에 찬물을 끼얹는 말을 했네요! 아하하……."

황급히 고개를 숙인 채 얼버무리듯이 웃고는.

"……아, 맞다. 저 다른 일 없는지 물어보고 올게요. 자, 오늘도 힘내서 화이팅! 열심히 돈 벌자~!"

허둥지둥 창고에서 나가 버렸다.

"……카노 씨, 왜 저러는 거지?"

"으음. 저 아이도 여러 가지로 복잡한 거겠지."

영문을 알 수 없는 나와는 달리 아사가 씨는 무언가 눈치챈 듯했다.

"뭐, 그런 것보다 하루 군."

아사가 씨가 화제를 돌렸다.

"오늘 아르바이트 끝나고 시간 있어?"

"일단은…… 있어요."

리오에겐 연락해 두면 괜찮겠지.

오늘은 아르바이트가 7시라는 아주 어중간한 시간에 끝날 예정이라 저녁은 각자 먹기로 했고.

"그래? 잘됐다."

"무슨 일 있나요?"

"아니, 별건 아닌데. 늦었지만 하루 군 결혼 축하라도 해줄까 싶어서 말이야."

"어…… 아니, 괜찮아요. 면목 없기도 하고요."

"아하하. 사양할 필요 없어. 사실 결혼 축하라는 건 그저 명분이고 내 취미에 좀 어울려 줬으면 해서."

거기까지 말한 아사가 씨가 친근하게 어깨를 끌어안았다.

"좋은 곳에 데려가 줄게."

수상한 히죽거림을 지으면서.

＊

밤 9시가 넘은 시각──.

하루가 아르바이트에서 돌아왔다.

"어서 와. 늦었네."

주방에서 싱크대 청소를 하고 있던 나는 거실에 나타난 하루에게 말을 걸었다. 늦을 거라는 연락은 받았지만 설마 이렇게까지 늦어질 줄은 몰랐다.

"아르바이트가 그렇게나 바빴어?"

"아니, 아르바이트는 제시간에 끝났어. 그냥 그 뒤에…… 좀."

"좀?"

"……그, 그냥 이것저것 있었어. 이것저것."

살짝 당황한 모습으로 말끝을 흐리며 내 옆을 지나갔다.

그 걸음은 약간 불안정하게 흔들리고 있었다.

"무슨 일이야? 괜찮아?"

"괘, 괜찮아. 조금 피곤한 것뿐이야. 미안하지만 오늘은 이만 잘게."

"잔다니…… 목욕은?"

"안 해."

피곤함이 묻어나는 목소리로 그렇게 말한 하루는 침실로 사라졌다.

별일이네.

하루가 샤워도 안 하고 자다니.

아, 근데…… 뭔가 비누 냄새가 났는데.

우리 집에서는 쓰지 않는 향.

흐으음?

어딘가에서 샤워를 이미 하고 왔나?

어째서?

어디서?

"……뭐, 상관없나."

조금 의아하긴 했지만 난 깊게 생각하지 않고 싱크대 청소를 이어갔다.

다음 날.

하루가 학교를 가고 난 평소처럼 집안일을 하고 있었다.

처음에는 익숙해지지 않던 집안일도 이 한 달 사이에 꽤 몸에 뱄다. 이제는 스마트폰으로 유튜브를 틀어놓은 채 즐기면서 할 수 있을 정도였다.

요즘 빠진 건 여성 연예인이나 유튜버의 명품 쇼핑 영상.

돈을 펑펑 쓰면서 고가의 명품을 쓸어 담는 모습은…… 뭐라고 할까, 보고 있으면 굉장히 속이 시원해진다.

아아, 부럽다.

나도 이렇게 다 쓰지도 못할 정도로, 마음껏 명품을 쓸어 모으고 싶── 이런.

안 돼, 안 돼.

지금의 난—— 정숙한 주부니까.

이제 혼자 사는 것도 아니고 집안일도 생각해서 검소하게 생활해야지.

하아. 이 얼마나 검소하고 훌륭한 주부인지.

"흥흥~ 흐흥~…… 아."

빨래를 세탁기에 집어넣고 있는데—— 하루의 옷이 나왔다.

지극히 평범한 흰색 와이셔츠.

너무 딱딱하지 않은 세미 정장 스타일의 옷.

하루는 예전부터 이런 모노톤의 차분한 복장을 좋아했던 것 같다. 뭐, 좋아한다기보단 패션에 별로 관심이 없어서 가장 무난한 걸 입고 있는 느낌이지만.

그 녀석이 어제 하루 종일 몸에 걸치고 있었던 옷.

무심코 얼굴을 대고 냄새를 맡아보았다.

아…… 굉장하다.

조금이지만 확실히 하루의 냄새가 나.

동거하면서부터 여러 번 느꼈던 하루의 냄새. 저번에 백허그를 했을 때 특히 더 많이 느꼈던 것 같아. 셔츠에 얼굴을 묻고 있으면 마치 하루 품에 얼굴을 묻고 있는 것 같아서 어쩐지 가슴이 두근두근하고——.

"……~~~?!"

잠깐, 잠깐!

내가, 지금 뭘 한 거야?!

'무심코' 대체 뭘 한 거야?!

뭘 자연스럽게 냄새를 맡는 건데!

안 돼, 안 돼! 이런 건…… 그냥 변태잖아!

이런 건 남자 친구나 남편을 정말 좋아하는 여자나 하는 짓이 잖아!

"……아, 아니야! 이건 그런 거 아니야! 난 단지…… 그래! 아 내로서 남편의 체취를 체크한 것뿐이지! 응응! 남편의 옷에서 냄새가 나면 아내가 소홀한 건 아닌지 의심받으니까! 그래, 그 런 것뿐이야!"

아무도 없는데 혼자 핑계를 대며 황급히 빨래 작업으로 돌아 갔다.

셔츠를 빠르게 세탁기에 던져놓고 다음은 바지.

주머니 속을 확인하는데──.

"……응?"

안에서 나온 깃은 흰 장의 명함이었다.

그 분홍색의 명함을 보는 순간── 머리가 새하얘졌다.

《빼요빼요 파라다이스

　　○○○-○○○-○○○○》

귀여운 폰트로 적힌 문구와 전화번호 아래.

《또 지명해줘♡ 미쿠》

쓸데없이 동그란 손글씨로 그렇게 적혀 있었다.

"——웃."

직접적인 경험은 없어도 나도 스무 살이 넘은 대학생이다. 아무리 이런 물정에 어둡다 한들 이 정도는 안다. 알 수밖에 없다.

틀림없다.

이건—— 유흥업소의 명함이다.

"——바람이야, 바람! 바람이 확실해!"

『하아. 그렇군요.』

충동에 몸을 맡긴 채 외치는 나와는 대조적으로 전화 너머 하야시다의 반응은 평소처럼 냉담했다.

"정말 믿을 수가 없어! 하루 녀석……! 나 몰래 유흥업소를 다녔다니……!"

머릿속이 슬픔과 분노로 짓칠되어 이싱해질 것만 같았다.

충격으로 심장이 터질 것 같아.

방심하면 눈물이 흘러넘칠 것 같아.

하루가—— 유흥업소에 갔다니.

나 외의 여자와 저속한 행위를 하고 있었다니.

"……하루 녀석, 어제 평소보다 더 늦게 귀가했어. 그러니까 분명 알바하고 돌아오는 길에 직원들이랑 간 거라고! 그래! 그게 분명해!"

어제에 있었던 여러 위화감도 그렇게 생각하면 설명이 된다.

평소보다 귀가가 늦었던 것도, 어쩐지 피곤해 보였던 것도.

그리고…… 목욕을 하지 않고 잔 것도.

분명── 유흥업소에서 씻고 온 거겠지!

그래서 우리 집과는 다른 비누 향이 풍겼던 거야!

피곤해 보인 것도 그 정도로 유흥업소에서 힘을 빼서 그랬던 게 분명해……!

"으으…… 최악이야. 우리 아직 결혼한 지 얼마 되지도 않았는데! 이제 갓 신혼인데! 그런데 유흥업소에 가다니 대체 어떻게 돼먹은 신경이야!"

『하아.』

"게다가 '또 지명해 줘'라는 건…… 전에도 간 적이 있다는 거잖아! 단골이라는 거잖아! 이젠 못 믿겠어!"

『하아. 그래요, 신혼에 남편이 유흥업소에 가서 화나고 분한 마음은 알겠지만…….』

하야시다가 한없이 냉정한 목소리로 말했다.

『애초에── 두 분은 위장결혼이 아닌지?』

"위, 위장결혼이라도 유흥업소는 좀 아니지! 상식적으로 생각해서!"

『위장결혼에서 상식을 따진다 한들.』

담담하게 말을 잇는 하야시다.

『연애 감정이 아닌 이해관계로 연결되어 세상을 향해 부부로서의 역할만 하는 관계──. 그걸 위장결혼이라고 한다면 거기에 바람이라는 것은 존재하지 않을 것 같은데요. 하루 님이 유흥업소에 가든 따로 애인을 만들든 형식상 아내인 리오 님이 왈

가왈부할 이유는 없지 않을까요?』

"그, 그래도…… 그 녀석 아직 대학생인데……."

『하루 님은 열아홉이시니 업소에 가도 괜찮을 나이입니다.』

"으……."

『뭐, 그 마음은 잘 알겠지만요. 좋아하는 하루 님이 업소에 가서 낯선 여자와 이런저런 짓을 하고 있다면 충격이 크겠죠.』

"맞아. 내가 좋아하는 하루가 유흥업소에 갔다니──가 아니야! 난 그런 녀석 전혀 안 좋아하거든!"

위험했다!

유도신문에 걸릴 뻔했어!

"벼, 별로 상관은 없지만! 하루가 유흥업소에 가든 말든 나와는 상관없는 일이니까 멋대로 해도 그만이지만."

『방금까지 울먹이는 목소리로 전화하던 사람은 어디에 누구였는지…….』

"그건…… 그거지. 신혼인 남자가 유흥업소에 다닌다고 하면 세간의 인식이 좋지 않잖아? 어디서 누가 보고 있을지 모르는데. 난 그런 세간의 이목을 신경 쓰고 있을 뿐이지…… 절대 연애 감정 같은 건 없어."

『하아. 아직도 그런 설정으로 가는 거군요.』

지긋지긋하다는 투로 말하는 하야시다.

설정이 뭐야, 설정이.

『그럴 생각이라면 저도 맞춰는 드리겠지만── 그래도 리오님, 이건 의외로 어려운 문제예요.』

"어?"

『까마득한 옛날부터 남자와 여자가 서로의 가치관을 부딪치며 계속 싸워왔지만 아직까지 해답이 나오지 않는 무시무시한 난제. 그것은…… '업소는 바람에 포함되는 것인가'!』

하야시다가 박진감 넘치는 목소리로 말했다.

박진감 있는 목소리로 무슨 말을 하나 했더니.

"포함되냐니…… 다, 당연히 포함되지! 백만 보 양보해서 클럽 같은 곳이라면 아슬아슬하게 넘어가 줄 수 있다 쳐……. 그래도 유흥업소는 안 되지. 그건…… 그러니까 야, 야한 걸 하는 가게잖아?"

『성적 서비스를 목적으로 한 가게지요.』

"그렇다면 안 돼! 당연히 안 되지! 부인이나 연인이 있는데 그런 곳에 가는 남자는 최악이야!"

『여자들은 모두 그렇게 생각하죠. 하지만 남자라는 생물은 종종 이렇게 주장하고는 합니다. '업소는 바람이 아니다'라고요.』

"무슨……."

『연애 감정 없이 돈을 내고 성적 서비스를 받는 것뿐이니 바람은 아니다'라는 둥, '아내는 사랑하지만 이건 경우가 다르다'라는 둥.』

"겨, 경우가 다르다니…… 그게 뭐야? 그런 걸로 용서받을 수 있다고 생각하는 거야?"

『……생각하기도 한답니다. 남자라는 생물은요.』

거기서 줄곧 담담했던 하야시다의 목소리가 눈에 띄게 어두워

졌다.

암흑의 기운이 드리우고 있었다.

『……무릎 꿇고 사과하면 용서해 줄까 하는 생각도 했는데, '업소에 간 정도로 투덜대지 마'라고 당당하게 정색하면 이제는 충격을 넘어서 살의가 피어오르지요. 그래서 '그럼 나도 프로 상대라면 바람피워도 되는 거야?'라고 반박하면 '남자와 여자는 다르잖아'라는 의미를 알 수 없는 변명이나 지껄여 대고……』

"어…… ."

『……어차피 갈 거라면 들키지 말고 다니라는 거예요. 그럼 확인할 길이 없으니까. 그런데 도대체…… 왜 남자는 하나하나 마무리가 허술한 걸까요? 명함이나 컴퓨터의 검색 이력이나…… 그리고 그런 날만 갑자기 부자연스럽게 행동하면서 이쪽의 스케줄을 묻질 않나……』

"저, 저기, 하야시다…… ."

『저도 처음엔 애써 모른 척할까도 생각해 봤다고요. 아무것도 모르는 바보 같은 여자를 연기하면서 그저 웃으면 되지 않을까 하고……. 하지만 그럴 수는 없잖아요. 그렇게 둔감하게 굴 수는 없잖아요. 바보가 되지도 못하고 그렇다고 영리하게 굴지도 못하는…… 그런 어중간하고 비참한 여자가, 바로 접니다……』

어쩌지.

암흑의 저편으로 떨어져 버렸어.

하야시다 사에코, 29살.

내가 어렸을 때부터 우리 집에서 가정부로 일했었는데, 2년 전쯤 결혼으로 퇴사하면서 메이드 일을 그만두었다.

하지만── 몇 달 만에 바로 돌아왔다.

약혼은 파기되었다고 한다.

이유는 자세히 듣지 못했지만…… 여러모로, 라는 것 같다.

특정 사건 때문이라기보다는 여러 일들이 겹친 결과 파혼이라는 결론이 난 것 같았다.

『……실례. 이성을 잠시 잃었군요. 그럼 마음을 가다듬고 이야기를 계속해 볼까요.』

"으, 응."

우울해질 땐 우울해지지만 회복도 빠른 하야시다였다.

이제는 완전히 우울함에 익숙해진 모습이었다.

……우울함에 익숙해졌다니?

『지금 알아보니 《빼요빼요 파라다이스》라는 건 아무래도 딜리헬 같습니다.』

"딜리헬……?"

『딜리헬── 딜리버리 헬스. 아주아주 간단히 설명하자면 집이나 호텔 등에 유흥업소 직원을 파견하는 서비스를 말합니다. 실전 행위…… 삽입을 수반하는 직접적인 성관계는 없고 손이나 입으로 하는 성적 봉사가 메인이죠.』

"소, 손이나 입으로……?!"

『이런 쪽은 규율이 엄격하니까요. 실전 행위를 수반하는 유흥업소는 영업 자체가 어렵기 때문에 대부분의 유흥업소는 핑크살롱(여성 종업원이 간접적인 성적 서비스를 제공하는 일본의 유흥업소)이나 딜리버리 헬스가 주류라고 하네요.』

"……실전을 안 하는 게 무슨 상관이야? 업소는 업소잖아?"

『그런데 바로 그 실전 행위의 유무가 법률 세계에서는 상당히 중요한 부분을 차지한답니다. 업소에 출입하는 게 이혼 사유로 인정받은 사례도 있습니다만, 그게 딜리헬이 되면 난이도가 단숨에 높아져서…….』

"어…… 그, 그런 거야?"

『법률상 부정행위의 기준은 삽입 여부에 따라 달라지니까요. 실전 행위가 없는 업소 이용은 부정행위에 해당하지 않는다는 게 이 나라의 법률입니다. 뭐, 부인이 명확한 거절을 표시했음에도 업소 출입을 그만두지 않을 경우엔 이야기가 달라진다고도 합니다만…….』

"법을 말하는 게 아니잖아! 성적인 일을 했다는 시점에서 완벽한 바람이야!"

『……저도 '업소는 바람이 아니다'라고 우기는 남자들은 죽어버리라고 생각하는 쪽입니다만…… 이번만큼은 하루 님에게 조금 동정심이 드네요.』

"뭐……?"

동정?

어째서?

왜 유흥업소에 갔는데 동정을 해?

『그야 두 분은 아직까지 그런 행위를 조금도 하지 않고 계신 거잖아요?』

"무슨…… 다, 당연하지! 우리는 단순한 위장결혼이니까!"

『그렇다면── 하루 님은 계속 쌓이기만 하는 거 아닌가요?』

"쌓인다고……?!"

『한 지붕 아래 전 여친이 있지만 손을 대는 건 허락되지 않는다. 그런 상황에 놓인 남자가 업소에서 성욕을 처리했다고…… 솔직히 저는 그렇게까지 책망할 수는 없을 것 같네요.』

"그럴 수가……."

깊은 절망이 나를 덮쳐왔다.

하지만 동시에 어딘가 납득하는 자신도 있었다.

처음에는 피가 거꾸로 솟는 기분이었지만 하야시다와 이야기하면서 조금은 냉정을 되찾았다. 하기야── 하루가 유흥업소를 다닌다고 내가 화를 내는 건 번지수가 틀린 건지도 모른다.

어차피 허울뿐인 아내에 불과한 나는 뭐라고 말할 자격이 없는지도 모른다.

하지만…… 싫어.

아무리 생각해도── 싫다.

하루가 나 외의 여자와 야한 짓을 하고 있다니 상상하고 싶지도 않다.

대체 어떻게 하면──.

『리오 님이 지금의 관계를 유지한 채 하루 님의 업소 출입을 막고 싶으시다면…… 남은 방법은 하나밖에 없습니다.』

하야시다가 말했다.

『다른 여자는 생각할 수 없을 정도로 리오 님에게 푹 빠지게 할 수밖에요.』

"……읏!"

『나는 이 여자가 아니면 안 돼' '이런 멋진 여자를 알게 된 이상 업소 직원은 상대할 수 없어'. ……그렇게 생각할 정도로 리오 님이 아름답고, 매력적이고, 요염하고, 최고로 야한 여자가 되면 되는 겁니다.』

"…………."

무심코 할 말을 잃고 말았다.

시야가 확 트이는 느낌이었다.

그, 그렇구나.

그런 방법이 있었어!

그래! 그게 최고지!

하루에게 유흥업소 직원 같은 것보다 내가 더 낫다고 생각하게 하면 돼!

역시 하야시다!

강한 감동을 받은 난—— 감동으로 손이 떨린 나머지 그만 폰을 떨어뜨리고 말았다.

『——라는 건 농담이지만요.』

스마트폰이 소파에 떨어졌다.

마침 스피커가 아래를 향해 떨어진 탓에 소리가 잘 들리지 않았다.

『뭐, 아무리 리오 님이 단세…… 실례. 순수하고 결단력이 빠른 타입이라고 해도 역시 이런 바보 같은 작전을 하지는 않겠지요. 죄송합니다. 너무 놀린 것 같네요.』

잘 안 들려.

으악. 소파 틈새로 들어가 버렸어.

『다시 본론으로 돌아와서…… 제 예상으로는 아마 하루 님은 업소에 가지 않았을 겁니다. 어차피 명함은 알바처의 다른 사람 것이 흘러 들어갔을 확률이 가장 높겠죠.』

이제는 전혀 들리지 않는다.

우~ 좀처럼 안 빠지는데.

괜히 손을 댔다간 더 안쪽으로 들어갈 것 같아.

『일단 제대로 이야기를 해 보는 게 좋겠어요. 멋대로 지레짐작 하고 이야기를 진행하면 문제는 꼬이기만 하니까요. 알겠지요? 쓸데없는 짓 하지 말고, 괜히 자존심 세우려고 하지 말고, 제대로 대화해야 합니다.』

좋아, 빠졌다.

간신히 소파에서 발굴한 스마트폰을 다시 귀에 가져갔다.

『──알겠습니까, 리오 님?』

"응, 알았어!"

크게 고개를 끄덕인다. 도중에 하야시다가 무슨 말을 했는지 는 모르겠지만…… 분명히 날 응원한 거겠지!

좋아. 해 보는 거야.

하야시다의 작전을 실행해 보이겠어.

유흥업소에 갈 마음이 생기지 않을 만큼 나에게 빠져들게 해 주지!

하루가 돌아오면── 묻지도 따지지도 않고 기습공격을 가해
주겠어!

그날 밤.

"다녀왔── 우오옷?!"

귀가한 하루가 마중 나온 내 모습을 보고 화들짝 놀란다.

"어, 어, 어서 와…… 빨리 왔네."

필사적으로 평소처럼 행동하려 했지만 목소리가 이상하게 높
아지는 느낌이었다.

"왜, 왜 그러고 있어. 빨리 들어오지 그래?"

"……무슨 차림을 한 거야, 너."

눈을 동그랗게 뜬 채 얼굴을 붉히는 하루.

무리도 아니지.

그보다…… 이 정도의 반응을 보여주지 않으면 나로서도 곤란
했다.

지금 내 옷차림은── 셔츠 한 장.

그것도 내 옷이 아니었다.

속옷 위에 하루가 어제 입었던 셔츠를 걸치고 있었다.

이른바── 남친 셔츠룩이라는 거다.

사이즈가 커서 어떻게든 팬티는 보이지 않았지만…… 그래도
방심하면 금방이라도 보일 것 같았다.

"앗, 아~ 이거? 좀 빌렸어."

수치심을 애써 억누르며 평정을 가장하고 그렇게 말했다.

"실수로 내 옷을 다 빨아버렸거든. 어쩔 수 없어서 네 옷을 빌린 거야. 응응, 흔히 있는 실수지."

하야시다와 전화 통화를 한 후 나는 필사적으로 고민했다.

남자를 유혹할 수 있는 모습, 그러면서도 어떻게든 자연스러움을 연출할 수 있는 모습…… 그렇게 생각해 낸 것이 이 남친 셔츠 작전.

내 옷을 전부 빨아버렸다 → 그래서 상대의 셔츠를 입었다.

응!

이건 완벽해!

부자연스러움 같은 건 전혀 없어!

"사실은 네 옷 같은 건 부탁받아도 입고 싶지 않았지만 달리 방법이 없으니 어쩔 수 없지. 응, 어쩔 수 없는 거야."

"……아니, 아무리 전부 빨았다고 해도 입을 옷은 있을 거 아냐? 잠옷도 있고. 애초에 너 이사하고 나서 아직 열지도 않은 상자에 옷이 대량으로……."

"시, 시끄러워! 딱히 상관없잖아!"

하여간!

변함없이 쓸데없는 곳까지 신경 쓰는 남자라니까!

"아니면, 하루에겐 조오금 자극이 강한 모습이었을까? 남자들은 이런 거 좋아한다고 하잖아. 남친 셔츠룩이라고 하면서."

"……바보냐."

쌀쌀맞은 어조로 내뱉은 하루가 내 옆을 지나갔다.

큭…… 반응이 부족해.

내가 이렇게 민망한 차림을 하고 있는데 왜 기뻐하지 않는 거냐고!

뭐, 됐어.

이 정도는 예상했던 범위다.

본 게임은 지금부터야!

"저녁은?"

"준비해 놨어. 근데 아직은 좀 이르지? 그러니까."

나는 하루를 지나쳐 소파에 앉았다.

"자."

턱으로 가리키며 통통 내 옆자리를 두드린다.

"뭐, 뭐야⋯⋯?"

"앉으라는 뜻이야."

당황하는 하루에게 내가 말했다.

"스킨십 연습할 거야."

몇 주 전──.

일상적인 몸놀림에도 지나치게 의식하던 우리는 자연스러운 부부 느낌을 내기 위해 '스킨십 연습'이라는 것을 해봤다.

포옹이나, 백허그나.

어쨌든 피부와 피부가 원 없이 맞닿았다.

그 결과는⋯⋯ 뭐, 응.

서로의 여러 의도가 뒤섞인 결과 앞으로도 꾸준히 하자는 결론에 도달했다. 뭐, 난 전혀 하고 싶지 않았지만 하루가 하고 싶다니 어쩔 수 없지. 응응. 어쩔 수 없고말고.

그렇다고는 해도.

그때 이후로 스킨십 연습은 하지 않았다.

하루는 먼저 말을 꺼내지 않았고, 그렇게 되니 나도 말을 꺼낼 수가 없었다.

그쪽에서 '어라? 뭔가 지금 스킨십 연습인 건가?'라는 기색을 보인 적은 있었고, 내 쪽에서도 접근을 시도해본 적은 있지만…… 결국 그다음 한 걸음을 내딛지 못했다.

하지만 지금 나는──그 한 걸음을 내디뎠다.

"어, 어이."

"뭐야……?"

"아무리 그래도 너무 가깝지 않냐?"

숨 소리가 느껴질 정도의 지근거리에서 하루가 붉어진 얼굴로 말했다.

우리는 지금 둘이 나란히 소파에 앉아 있다.

게다가 그냥 앉아 있는 게 아니었다.

찰싹, 하고.

상당히 달라붙어 있는 상태였다.

하루가 앉은 후로 내가 조금씩 다가간 결과다. 틈이라고는 전혀 없을 정도의 완전 밀착. 팔이나 허벅지가 완전히 닿은 탓에 닿은 곳부터 상대의 체온이 직접 전해지다 보니…… 머리가 열기로 터질 것 같았다.

수치사할 정도로 부끄럽지만──그래도 여기서 그만둘 수는 없다.

"부, 붙어 있어야 연습이 되지."

애써 부끄러움을 떨쳐내듯이 필사적으로 강한 목소리를 냈다.

"지난번의 포옹보다는 훨씬 낫지 않아?"

"아니 근데, 너…… 지, 지금 차림……."

하루가 순간 내게 시선을 향했지만, 곧바로 눈길을 돌려버렸다.

그래.

내 지금 차림은—— 흔히 말하는 남친 셔츠 차림.

큰 사이즈의 셔츠를 걸치고 있는 것뿐으로 하반신은 거의 발가벗은 거나 다름없다. 셔츠 자락으로 간신히 팬티는 가렸지만 조금만 몸을 비틀면 금방 보일 정도로 상당히 아슬아슬한 상태다.

게다가—— 하반신뿐만이 아니다.

셔츠의 단추도 끝까지 채우지 않아서 가슴 쪽이 상당히 풀어헤쳐진 상태였다. 그 탓에—— 가슴 계곡이 또렷하게 드러났다.

바로 옆에 있는 하루의 위치라면 아마 굉장히 잘 보이겠지.

으으…… 부끄러워.

이렇게 노출이 많은 모습으로 하루에게 달라붙어 있다니.

부끄러워서 죽을 것 같아.

하지만.

여기서 물러설 수는 없다.

그도 그렇게 하루는—— 다른 여자와 더 과격한 짓도 해왔을 테니까.

"여, 연습이야, 연습. 이런 건 점점 레벨업 하지 않으면 의미가 없잖아?!"

강요하듯 말한 동시에 하루에게 몸을 더 기댔다.

그리고── 허벅지로 손을 뻗었다.

"……읏."

흠칫, 하고 하루의 몸이 떨린다.

"어, 어이……."

"뭐야. 이, 이 정도는 괜찮잖아."

심장이 터질 것처럼 두근거렸다. 하지만── 다른 여자가 하루의 더 깊은 곳까지 닿았다고 생각하니 공연히 화가 났다. 그 여자에게 지지 않을 만큼 여기저기 만져야 직성이 풀릴 것 같다는 생각이 들고 말았다.

"리오……?"

"으우~~……."

허벅지와 어깨, 배…… 하루의 곳곳을 어루만지며 속으로 묻는다.

왜야?

왜 유흥업소 같은 곳엘 갔어, 하루?

그렇게 욕구불만이었어?

그렇다면, 그랬으면…… 그런 건 나한테 부딪치면 되잖아!

다른 여자랑 할 바엔 내가, 얼마든지──.

"……뭐야, 왜 그래?"

부끄러워서 새빨개진 얼굴로, 그러나 걱정스러운 얼굴로 쳐다보는 하루.

"괜찮아? 무슨 일 있어?"

"따, 딱히 아무 일도 없어! 어제 일 같은 거 전혀—— 아."

"어제?"

하루가 미간을 찌푸린 채 생각에 잠기더니, 이윽고 난감하다는 얼굴을 지어보였다.

"혹시 어제 일 알고 있었어? 내가 어디에 갔었는지…….."

"저, 저기, 그게…… 으, 응, 바지 주머니에 들어 있어서."

"……아, 그렇구나. 들켜 버렸네."

하루가 얼굴을 가린 채 천장으로 시선을 향했다.

불안과 긴장을 느끼면서도 나는 참지 못하고 물었다.

"저기, 하루…… 정말, 갔었어? 그런 곳에."

"……그래."

미안한 얼굴로 하루가 고개를 끄덕였다.

인정했다.

인정해 버렸다.

어제 유흥업소에 갔다는 걸.

"어째서……."

"미안해."

"사, 사과를 받자는 게 아니야! 난 이유를 물어보는 거라고!"

"어제 아르바이트 끝날 때 아사가 씨가 권유했거든."

아사가 씨라면 알바처의 직원일 것이다.

서른이 넘은 남자 직원으로 여러모로 신세를 지고 있다고 들은 기억이 있다.

"전부터 몇 번이나 권유를 받아서 한 번 정도는 가볼까 해서. 나도 별로 흥미가 없는 건 아니었으니까."

"흐, 흥미가……!"

그야 있겠지!

남자라면 다 있겠지!

"근데 말이지, 나도 이런저런 편견을 가지고 있어서 처음엔 덮어놓고 싫어했는데…… 막상 가보니 의외로 좋은 곳이더라."

"뭐?"

어라?

이 낙관적인 반응은 뭐야?

"꽤 피곤하긴 했지만 좋은 운동이 돼서 개운했어."

좋은 운동이 돼서 개우운?!

뭐, 뭐야 이 녀석?!

멀쩡한 얼굴로 대체 무슨 실황중계를 하는 거야?!

"기구 같은 것도 잘 소독되어 있어서 위생적이었고."

기구?!

어, 어떤 하드한 플레이를 했기에?!

"권유에 휩쓸려서 회원등록까지 해 버렸지 뭐야."

회원등록?!

그런 시스템이 있어?!

몇 번 가면 1회 무료 서비스 뭐 그런 거야?!

"하하. 엄청 칭찬을 받았거든. 역시 그쪽도 프로니까 부추기는 걸 잘한다고 할지. 다시 오고 싶게 만드는 데 능숙하더라."

"……………."

밝은 얼굴로 아무렇지도 않게 다시 가겠노라 선언하는 하루를 앞에 두고 내 마음속엔 분노를 넘어 절망이 싹트기 시작했다.

또 가는 거구나.

나한테 들켰는데도 멈출 생각이 없는 거구나.

아아…… 그런가. 그렇구나.

어차피 우리는 위장결혼을 한 가면 부부니까.

하야시다가 말한 대로 유흥업소에서 처리를 한다고 해서 내가 화내는 건 번지수가 잘못됐다.

하루는 앞으로도 나 말고도 다른 여자에게 그런 걸 받는 거구나.

내가 아닌 여자에게 흥분하고, 내가 아닌 여자를 만지고, 만져지면서──.

"……으, 으윽, 흑…… 히이잉."

"허…… 어? 어어?"

가슴에서 넘친 슬픔과 안타까움이 눈물이 되어 흘러내렸다.

갑자기 울음을 터뜨린 나를 보고 하루는 크게 당황했다.

"무, 무슨 일이야, 리오?"

"……시끄러워. 이제 하루 같은 건 몰라. 꼴도 보기 싫어. 내 눈앞에서 사라져, 바보야."

흘러넘친 감정대로 계속해서 내뱉자 하루가 난처한 얼굴을 지었다.

"대체 왜 그래. 그렇게 화낼 필요 없잖아."

하루가 말했다.

"몰래── 헬스장에 간 것 정도로."

"……화내는 거 아니야. 이제 됐으니까 놔둬. 넌 그렇게 좋아하는 미쿠 씨한테나 가서── 어?"

헬스장?

"아……, 이거 아마 아사가 씨 걸 거야."

그《빼요빼요 파라다이스》 명함을 보여주자 하루는 질색하는 얼굴로 그렇게 말했다.

어제 헬스장에서 회원증 만들 때 좀 정신이 없었거든. 아사가 씨가 쿠폰을 못 찾겠다면서 주머니를 뒤지면서 그 안에 든 걸 나한테 넘기기도 하고…… 그때 흘러 들어간 거겠지.

"…………."

"이《빼요빼요 파라다이스》라는 가게 이름도 아사가 씨한테 들은 적 있어. 저렴한 가격에 비해 귀여운 아가씨들이 모여 있는 좋은 가게라고."

"…………."

아무래도 하루가 어제 갔던 곳은 유흥업소가 아니라 헬스장이었던 것 같다.

직원의 권유로 아르바이트하고 돌아오는 길에 잠시 들렀다.

피곤해 보였던 건 헬스장에서 운동을 열심히 했을 테니까.

비누 향이 나던 건 헬스장에서 샤워를 하고 왔을 테니까.

하루의 지적을 받고《빼요빼요 파라다이스》 명함 이외에 주머니에 함께 들어 있던 것을 확인해 보니…… 확실히 헬스장의 회원증과 할인 쿠폰이 있었다.

누, 눈치 못 챘어.

유흥업소 명함을 본 순간 머리가 새하얘져서 함께 들어 있던 건 그대로 놔두고 곧바로 하야시다에게 전화를 걸어 버렸다.

아무래도 내가 상당히 민망한 착각을 해버린 것 같았다.

"……뭐, 뭐야 정말! 그런 거면 처음부터 그렇게 말했어야지!"

민망함을 감추기 위해 난 있는 힘껏 언성을 높였다.

"왜 헬스장에 갔다는 걸 숨긴 거야!"

"……전에 잠깐 싸운 적 있잖아. 네가 헬스장 가고 싶다고 했을 때 내가 관두라면서."

아아, 그러고 보니 있었다.

일주일 전쯤이었나?

내가 유튜버의 영향으로 '헬스장 가고 싶다~' 하고 중얼거렸더니 하루가 어이없다는 투로 실교를 했었다.

"관둬. 너 옛날부터 그런 거 꾸준히 한 적 없잖아. 운동 용품이나 다이어트 용품 같은 것도 항상 사 놓고 방치하기만 하고."

정론을 말한다거나.

"애초에 운동 부족이라는 녀석이 갑자기 헬스장에 갈 필요가 어디 있어. 달리기랑 집에서 하는 운동만으로도 충분해. 게다가, 헬스장은 별로 좋은 이미지도 아니잖아. 그 머신이나 덤벨 같은 거 다 같이 쓰는 거 아냐? 좀 비위생적이지 않아?"

편견이 담긴 말을 한다거나.

그런 비판을 듣고 가만히 있을 나도 아니었기에 그날은 또 한

번의 설전이 펼쳐졌더랬다.

"……그렇게나 헬스장을 헐뜯어놓고 내가 거길 다녀왔다고 하면, 어쩐지 또 싸움이 복잡해질 것 같아서."

"그렇다고 숨길 필욘 없잖아! 사람 헷갈리게!"

"잘못했어. 근데…… 그렇다고 그런 착각을 하냐? 내가…… 유흥업소에 갔다니."

"……윽."

"아무리 주머니에 들어 있었다고 해도…… 갈 리가 없잖아, 그런 업소 같은 데를."

"……모, 모르지 그건."

어이없어하는 하루에게 나는 호소하듯 말했다.

"너도 남자고…… 그, 그러니까, 조금 관심 있는 거 아니야?"

"그건…… 뭐, 전혀 없다고 하면 거짓말이겠지만."

"거봐."

"하지만 뭐랄까…… 그렇게 단순한 문제가 아니야."

빤히 쳐다보고 있자 하루가 체념한 듯 깊이 숨을 내쉰다.

"저기, 리오."

하고 진지한 얼굴로 말했다.

"너도 알고 있다시피── 난 동정이야."

"허……?"

왜 갑자기 커밍아웃을?

아니 뭐, 알고는 있지만.

"사귀었던 건 너뿐이야. 너랑도 결국 끝까지 가진 못했으니까

난 지금도 여자를 몰라. 백지상태지."

다소 연극적인 어조로 말을 잇는다.

"동정이라는 건 어리석게도 섬세한 생물이야. 성적인 것에 관심은 많지만 동시에 그만큼의 불안과 공포도 있어. 그리고 경험하지 못했기 때문에 환상을 갖는 부분도 많아. 신성시라는 말을 써도 좋아. 그러니까…… 응, 그게, 뭐라고 말해야 하지…… 아무튼."

연극 투가 서서히 벗겨지며 점차 얼굴이 붉어지기 시작한다.

얼굴을 돌리며 하루가 말했다.

"처, 처음 하는 건 진심으로 좋아하는 상대가 좋다는 거야."

"…………."

나는 일순 어안이 벙벙해졌다.

그러나 서서히 가슴 안에 따뜻한 무언가가 퍼져나가는 것을 느꼈다.

나도 모르게 미소가 흘러나왔다.

"그러니까 그, 안심해. 적어도 너와 결혼 생활하는 동안에는 그런 가게엔 절대 가지 않는다고 약속할게."

"하루……."

나도 모르게 웃음이 나올 것 같았지만, 뒤늦게 그래서는 안 된다는 걸 깨달았다.

"흐, 흥! 안심이라니 뭐야? 딱히 아무래도 상관없거든. 네가 유흥업소에 가든 클럽에 가든 나와는 전혀 관계없고. 좋으면 좋을 대로 하지 그래?"

"아니…… 방금 엄청나게 불안해했으면서."

"아, 아니야! 난 그저…… 그, 그래! 성병을 걱정한 것뿐이야! 남편이 성병이라니 최악이잖아! 옮기기라도 하면 말로 끝날 문제가 아니야!"

"……만약 병이 생겼다고 해도 성병이 옮을 일 같은 건 안 했잖아, 우리."

"옮을 일이라니── ~~읏! 무슨 생각을 하는 거야, 바보야!"

"네가 먼저 말했잖아!"

꽥꽥거리며 평소와 다름없는 말투로 설전이 오간다.

말투는 그만 시비조처럼 되어 버렸지만, 마음은 무척 평온하고 따뜻한 느낌이었다.

하루는 역시 하루라서, 그게 정말로 기뻤다.

제3장 근로 감사

✳

"아사가 씨, 이거 돌려드릴게요."

부동산 2층.

복도 끝에 마련된 자판기와 소파만 있는 간소한 휴식 공간.

시간은 저녁 5시를 조금 넘긴 시각. 오늘은 토요일이라 대학이 쉬는 날이었기에 오후는 고스란히 아르바이트에 투자했다.

아르바이트가 끝날 무렵 나는 아사가 씨를 불러냈다.

용건은…… 딜리헬의 명함을 돌려주기 위해서다.

"오~ 미안해. 고맙다."

실로 가벼운 어조로 말하며 명함을 받는 아사가 씨.

"야아-- 설미 하루 군의 주머니로 들어갔을 줄은 몰랐네. 혹시 부인에게 들켰다거나?"

"……네, 뭐."

"우와, 그거 큰일이었겠는데."

"마치 남 일처럼……. 힘들었다고요. 제 거라고 의심받아서."

"하하하. 미안, 미안."

"적당히 하시는 게 좋을 겁니다. 병도 걱정되고요."

"그런 딱딱한 소리 하지 마. 한창 신혼인 하루 군과는 달리 이쪽은 외로운 이혼남 아저씨잖아."

어깨를 으쓱하며 그렇게 말하고는 명함을 주머니에 넣는다.

으음.

분명 좋은 사람이라고는 생각한다.

하지만 여성에 관한 생각만큼은 나와 조금 맞지 않는 것 같다.

이혼도 본인의 바람기가 원인이었다고 하니까.

"정말 성실하네, 하루 군은."

믿을 수 없다는 듯 아사가 씨가 말했다.

"결혼 전에…… 독신으로 있을 수 있을 때 마지막으로 화끈하게 즐겨보자고 했을 때도 전혀 반응 없었고."

"……요즘은 그런 거 인기 없어요."

"엄청난 가게에 데려다주려고 했는데 말이지."

"좀 봐주세요."

적당히 웃으며 넘겼지만…… 내심 살짝 두근거렸다.

엄청난 가게라.

어땠을까……. 아, 역시 독신일 때 가둘 걸 그랬나. 사회 경험의 일환으로…… 아니아니, 안 돼, 안 돼.

그건 역시 뭔가 아닌 것 같다.

"──무슨 얘기하고 있었어요?"

남자 둘의 대화에 카노 씨가 불쑥 얼굴을 들이밀었다.

"카노 씨…… 아니, 딱히 아무것도."

"치유리에겐 말 못 하는 이야기지."

"잠깐, 아사가 씨……."

"우와, 뭔가 수상한데."

못 말린다는 듯이 웃으면서도 슬며시 미간을 찌푸린다.

"안 돼요, 하루 씨. 아사가 씨의 수상한 권유에 넘어가면."

"알고 있어."

"신혼이니까 좀 더 부인을 소중히 여겨야죠. ……앗, 아니, 신혼이 아니라도 소중히 해야 하겠지만요."

"알아, 알아."

쓰게 웃으며 고개를 끄덕였다.

황급히 말을 덧붙인 카노 씨는 어딘가 흐뭇해 보였다.

"그러고 보니 치유리, 하루 군의 아내 본 적 있어?"

문득 생각난 듯 아사가 씨가 말하자 카노 씨가 눈을 동그랗게 떠 보였다.

"앗, 없어요. 아사가 씨는 있어요?"

"있어, 있어. 전에 하루 군한테 사진 보여 달라고 했거든."

"어, 어땠어요? 귀여웠어요?"

"장난 아니게 귀엽던데. 어쩐지 화려한 분위기라고 해야 하나, 우아하고 귀여운 느낌."

"그렇구나……. 하루 씨, 저도 보여주세요!"

"어…… 진심이야?"

"뭐, 어때요. 저도 보고 싶어요, 하루 씨의 귀여운 부인!"

거침없이 밀고 들어오는 카노 씨.

난감하네. 리오의 사진 같은 거 별로 보여주고 싶지 않은데.

뭐랄까…… 심플하게 그냥 부끄러웠다.

아사가 씨는 너무 집요해서 보여줬을 뿐이고.

위장결혼인데 자랑스럽게 아내를 과시하는 건 어쩐지 꼴사나운 것 같고…… 아니, 하지만 또 그런 것만도 아닌가.

제대로 위장결혼을 유지하려면 이럴 때 아내의 사진 같은 걸 여기저기 보여줘서 애처가라는 걸 어필하는 게 더 좋을까?

카노 씨의 압력에 주춤거리면서도 고민하고 있는데—— 거기서 문득 주머니 속의 스마트폰이 진동했다.

꺼내서 확인해보니 리오에게서 온 라인이었다.

"부인한테서 온 거예요?"

"……그래. 집에 오는 길에 휴지랑 세제 좀 사다 달래."

말하지 않아도 오늘 아침에 그 두 가지가 떨어졌다는 건 알고 있었으니까 사서 돌아가려고 했다고…… 라고 생각했지만, 지금만큼은 나이스 타이밍이라고 칭찬해 주고 싶은 기분이었다.

"그럼 나 빨리 가봐야 하니까 먼저 가 볼게."

"앗, 잠깐만 하루 씨, 사진은……."

"그건 다음에 또."

"……하여간."

"아하하. 잘 가, 하루 군. 부인한테 안부 전해줘."

"네. 수고 많으셨습니다."

볼을 부풀린 카노 씨와 즐겁게 웃는 아사가 씨.

그런 두 사람에게 작별 인사를 고하고 나는 귀갓길에 올랐다.

🌷

하루 씨가 사라진 후 아사가 씨는 자판기 앞으로 이동했다.

"치유리, 뭐 좀 마실래?"

"엑. 아니, 죄송하잖아요."

"됐어, 됐어. 아저씬 젊은 애들한테 사주는 걸 좋아하거든."

"……그럼."

너무 완고하게 거절하는 것도 이상할 것 같아서 결국 얻어먹기로 했다.

아사가 씨는 밤놀이나 여자랑 노는 건 나름대로 화려하게 하는 타입인 것 같지만…… 직장에는 절대로 연애를 들이지 않는 스타일이라고 한다.

그래서 내게도 지극히 신사적인 태도를 취하고 있었다.

"……하루 씨, 정말 결혼해 버렸네요."

받은 홍차를 한 모금 마시면서 말했다.

"안 믿겨져요."

"지난번에도 말했지, 그거."

"그야 정말 갑작스러웠잖아요."

"부자들끼리의 결혼이라는 건 그런 거 아니겠어? 물어보니 조부모 때부터 집안끼리 알고 지냈다고도 하고."

"……역시 정략결혼 같은 부분도 있는 걸까요."

불쑥 말이 튀어나왔다.

아사가 씨가 고개를 갸우뚱했다.

"음~ 글쎄, 어떨까? 실제로 타마키야 쪽은 최근 몇 년간 경영이 위험하다는 이야기가 있었으니까. 그게 하루 군의 결혼을 계기로 회복하고 있으니 정략적인 얘기가 없었다고 단정할 수 있는 상황도 아니지."

"그럼, 그러면—— 집안 사정으로 억지로 결혼했을 가능성도 있는 거네요?"

나는 말했다.

말해 버렸다.

"본가의 명령 같은 걸로 좋아하지도 않는 상대와 마지못해 결혼했을지도 몰라요…… 왜냐하면 사귀지도 않던 상대와 갑자기 결혼이라니…… 그런 건 평범하지 않잖아요. 하루 씨는 사실 결혼 같은 건 하고 싶지 않았던 게……."

"…………."

"——앗, 죄, 죄송합니다. 내가 대체 무슨 소리를……. 이런 건 실례죠. 본인도 없는데 멋대로 이상한 추측이나 하고……."

"……치유리는 말이야."

실언에 멋쩍어하는 내게 아사가 씨가 쓰게 웃으며 말했다.

"하루를 좋아하지?"

"……으엣?!"

심장이 철렁했다.

지금까지 내본 적도 없는 소리가 튀어나와 버렸다.

"무, 무무무슨 소리예요?! 그럴 리가 없잖아요! 말도 안 돼, 말도 안 돼요! 그러니까…… 하루 씨는 이미 결혼도 했고……."

눈에 띄게 당황하며 변명해 보지만 아사가 씨는 그저 가만히 이쪽을 응시할 뿐이었다.

"……어, 어떻게 알았어요?"

온화한, 그러나 마음속을 꿰뚫어 보는 듯한 시선을 앞에 두고, 결국 졌다는 듯 입을 열었다.

"역시. 너무 알기 쉽게 보였거든."

"으으…… 그, 그렇게 다 보였나요."

"알지, 알지. 의도적으로 알바 스케줄도 겹치게 했잖아. 그리고 틈만 나면 말 걸려고 했고."

"……읏."

"뭐, 하루 군은 그런 데 둔감하니까 전혀 눈치채지 못했을 것 같지만."

놀리는 듯한 말에 민망함이 몰려왔다.

"……조, 좋아한다고 단언할 수 있을 정도는 아니에요. 아직 좋아하기 일보 직전이었다고 할까. 신경이 좀 쓰였다고 할까."

변명하듯이 내가 말했다.

"저도 아직 제 마음을 잘 모르는 상대였으니까……. 그래도 조급해할 필요는 없을 거라 생각했어요. 하루 씨는 여자 친구 만들 생각도 없다고 했고. 게다가 뭐랄까, 하루 씨는 그렇게까지 여자한테 적극적인 타입이 아니라고 할지……."

"아싸 같은 느낌이긴 하지."

"그렇게 말하진 않았어요!"

그를 옹호하면서도 말을 이었다.

"……느긋한 마음으로 천천히 가도 되겠지 생각했어요. 평범한 친구가 돼서 영화를 보러 가거나 밥을 먹는, 그런 관계에서 점차 사귀는 사이로 발전해 가면 좋겠다, 같은 망상을 하기도

했어요. 그랬는데……."

"하루 군이 갑자기 결혼해 버렸다, 라는 거지."

"……네."

아르바이트 중에 지나가듯 결혼 보고를 받았을 때의 충격이 되살아난다.

청천벽력이라고 해도 좋았을 거다.

신경 쓰이던 상대에게, 그것도 나와 동갑인 열아홉의 상대에게 갑작스레 결혼 보고를 듣고 엄청난 충격을 받았다.

그 충격의 크기로 나는 간신히 실감했다.

아아——.

난 하루 씨를 꽤 진심으로 좋아했구나, 하고.

난 실연당한 거구나, 하고.

"……포기해야 하는 거겠죠."

"그렇겠네."

아사가 씨가 조용히 고개를 끄덕였다.

"빼앗는 사랑은 응원해 주기 힘들어. 이혼한 아저씨가 말해도 설득력은 없겠지만…… 부부는 둘도 없는 소중한 존재니까."

"알고 있어요."

나는 크게 숨을 들이마시고 내쉬었다.

"괜찮아요. 이젠 제법 털어냈으니까요."

결혼 소식을 들었을 땐 상당히 침울했었는데, 몇 개월 정도 지나니까 지금은 어느 정도 회복했다.

하루 씨와도 제대로 웃으면서 대화할 수 있게 되었다.

"외로우면 아저씨가 소개팅이라도 주선해 줄까? 치유리라면 얼마든지 골라잡을 수 있을걸?"

"아하하. 생각해 볼게요."

농담처럼 던지는 권유를 적당히 흘려 넘기며 마음속으로 생각했다.

응. 포기하자.

제대로 포기하자.

하루 씨는 분명 행복한 결혼 생활을 보내고 있을 테니까.

지금까지처럼 사이좋은 아르바이트생, 대학 친구로 관계를 이어가면 된다.

빼앗는다——는 건 있을 수 없는 일이야.

내 일방적인 사정으로 행복한 부부를 망가뜨릴 수는 없다.

설마 좋아하지도 않는 상대와 정략결혼을 했다——라는 패턴이 요즘 시대에 있을 리 없을 테니까.

✳

　화제를 꺼낸 것은 리오가 욕실에서 나온 후였다.

　좋아하는 유튜버에게 추천받았다고 하는 수수께끼의 스트레칭 체조를 하고 있는 그녀에게 과감히 말을 던졌다.

　"저기, 리오. 알바 동료들, 집에 불러도 돼?"

　"알바 동료?"

　리오가 스트레칭을 멈추고 이쪽을 돌아본다.

　"우리 집에 데려온다는 거야?"

　"응. 전부터 우리 집에 오고 싶다고 했거든. 우리 집에서 같이 저녁 먹으면서 식사 모임을 가지면 좋겠다고."

　오늘 아르바이트 중에 있었던 일이다.

　아사가 씨와 이런 대화가 오갔다.

　"뭐, 어때. 괜찮지 않아, 하루 군? 한 번쯤은 놀러 가도. 자랑스러운 부인 얼굴 좀 보여주라."

　"뭐, 조만간요."

　"조만간, 조만간…… 계속 그 말만 하잖아."

　"아하하……."

　"뭐야? 부인이 싫다고 그래?"

　"아니, 그건 아닌데요."

　"그럼 물어보기만 해봐. 그래도 안 된다고 하면 포기할게."

"하아."

"그게 아니면 뭔가…… 사정이라도 있는 거야?"

"그, 그런 건 아닌데……."

이런 느낌의 대화가.

위장결혼이라는 특이한 관계성을 감안하면 되도록 거주 공간에 사람을 들이고 싶지는 않았지만…… 그래도 너무 완강히 계속 거절하면 그건 그거대로 수상해 보일지 모른다.

고민 끝에 일단 리오와 상담을 해 보기로 했다.

"아, 저녁 식사라고 해도 만드는 게 번거로우면 포장이나 배달로 내가 준비할 테니까 말해줘. 물론 리오가 싫다고 하면 거절할……."

"좋아."

리오가 말했다.

내가 말하는 도중에, 그것도 아주 선뜻.

"그래서 언제야?"

"이, 일정은 이제 정해야겠지만…… 어? 괘, 괜찮아?"

"응? 괜찮아. 안 될 게 뭐 있어?"

"아니……."

의외였다. 남편이 일하는 곳 사람들을 집에 부르는 건 아내 입장에서 귀찮은 일이라고만 생각했는데.

애초에 나부터가 사람을 집에 들이고 싶어 하지 않는 타입이었다. 만약 리오가 친구들을 집에 부르고 싶다고 말한다면 상당히 기가 죽을 것 같았다.

그래서 분명 리오도 그런 건 싫어할 것 같아서 사양하고 있었던 건데.

"이런 것도 아내의 일이잖아? 그럼 제대로 해야지."

"리오……."

헌신적인 대사에 살짝 감동할 뻔했다.

"훗훗훗. 이건 내가 얼마나 우수한 아내인지 알릴 기회야. 아주 성대하게 대접해 주겠어. 알바처 사람들에게 '너한테는 아까운 아내다'라는 말을 듣게 해줄 거야!"

……금세 자기과시와 허영심이 주목적이구나 싶어졌지만.

뭐, 어쨌든 결과적으로는 만사 오케이였다.

"너무 무리할 필요는 없어. 내가 말하기도 좀 그렇지만…… 위험도 있으니까. 의심받지 않게 조심해야 돼."

"알아. 제대로 신혼부부 연기도 할 거야."

가볍게 받아쳐 온다.

위기감이 희박한 것 같은데…… 뭐, 그렇게까지 경계할 필요는 없으려나.

아사가 씨는 그래 봬도 상식적인 사람인 것 같고…… 게다가 우리는 이미 최고로 성가신 형수의 방문을 마친 상태니까 말이다.

그 사람에 비하면 그 어떤 손님도 애교 수준이었다.

"참고로 인원은?"

"지금까진 한 명."

"알았어~. 늘어나면 알려줘."

리오는 기분 좋게 고개를 끄덕이고는 곧바로 스마트폰을 들고 파티 요리를 검색하기 시작했다.

어쨌든 선뜻 응해준 덕에 나는 남몰래 가슴을 쓸어내렸다.

그리고 주말이 찾아왔다.

아르바이트가 끝나고 저녁 6시경.

나는 아사가 씨 일행을 데리고 맨션으로 돌아왔다.

"어서 오세요. 잘 오셨어요."

리오는 생글거리는 미소로 우리를 맞이해 주었다.

"반갑습니다. 처음 뵙죠, 사모님. 아사가라고 합니다."

가볍게 고개를 숙여 보이며 아사가 씨도 사교성 있게 인사를 건넸다.

"안녕하세요, 아사가 씨. 항상 남편이 신세를 지고 있어요."

"아뇨, 아뇨. 하루 군은 요즘 보기 드물 정도로 성실한 녀석이라서요. 항상 제 쪽이 신세를 지고 있을 정도입니다. 아, 이건 선물입니다."

"어머나, 뭘 이런 걸 다. 감사합니다."

"야아~ 그나저나 사모님, 정말 미인이시네요. 사진으로 본 적은 있지만 실물이 훨씬 더 아름답습니다."

"에이, 칭찬이 지나치세요."

"이렇게 예쁜 부인을 두다니 하루 군은 복 받은 녀석이구나."

"아하하. 좀 더 말해 주세요."

지극히 사교적인 인사를 주고받는 아사가 씨와 리오.

아사가 씨와는 일전 유흥업소 명함 사건도 있어서 좀 걱정했는데, 아무래도 리오는 크게 신경 쓰지 않는 것인지 평범하게 대하는 것처럼 보였다.

하지만——.

"처, 처음 뵙겠습니다."

아사가 씨에 이어 한발 늦게 카노가 인사를 하자—— 아주 잠깐 리오의 표정이 경직되었다.

"카노입니다. 오늘은 폐를 끼치게 되었습니다."

"……아뇨, 아뇨. 신경 쓰지 마세요. 자, 어서들 올라오세요."

리오는 곧바로 생긋 웃는 얼굴로 돌아와 손님들을 거실로 안내했다.

"잠시만 앉아서 기다려 주세요."

주방에서 요리 준비를 시작하는 리오.

"하루."

두 사람을 테이블에 앉히고 나도 함께 앉으려는데 리오가 말을 걸어왔다.

"잠깐 좀 도와줄 수 있어?"

"응? 그래."

고개를 끄덕이고 주방으로 향했다.

분명히 요리 준비를 돕는 거라 생각했는데—— 리오는 주방에서 나가더니 복도로 향했다.

나도 그녀를 따라 함께 나가 등 뒤로 문을 닫았다.

"뭐야, 리오? 뭘 도와주면 되는데?"

"……못 들었는데."

내 물음을 무시하고 어딘가 차가운 목소리로 리오가 말했다.

두 사람에게 보이지 않아서인지 사교성 미소는 싹 가신 상태였다.

"어?"

"카노 씨 말이야."

"……말했잖아. 한 명 더 늘어난다고. 아사가 씨한테 얘기했더니 카노 씨도 오고 싶다고 해서 부른 거라고."

"그건 들었어. 카노 씨가 하루와 같은 대학에 같은 학년이라는 것도 알고 있고."

하지만, 이라며 리오가 말을 이었다.

상당히 못마땅한 얼굴로.

"여자라는 건 못 들었어."

"……어? 말 안 했던가?"

"말 안 했어."

"그래……. 아니, 딱히 숨기려던 건 아닌데…….."

"……귀여운 애네."

"허…… 아, 으응. 뭐, 그렇지."

반사적으로 고개를 끄덕이자 리오의 표정이 다시 험악해진다.

"연락처도 교환했어?"

"그야 당연하지. 알바 스케줄 얘기도 해야 하니까."

"흐음. 호오, 그래? 꽤 사이가 좋은가 보네."

"……왜 화를 내는 거야."

"따, 딱히 화 안 냈거든. 단지 여자라는 걸 숨겼다는 게 불만인 거지…… 그, 그런 거 있잖아. 동년배 여자가 온다면 미리 말해주지 않으면 곤란해. 나도 옷이나 화장 같은 걸 바꿔야 하니까."

통명스럽게 말하는 리오였다.

🔥

하루 씨와 리오 씨가 복도로 사라져 버린 탓에 거실에는 나와 아사가 씨만 남겨졌다.

테이블에 놓인 빈 컵을 바라보며 기다리고 있으니 한숨 섞인 어조로 아사가 씨가 말했다.

"……그나저나 설마 치유리가 올 거라고는 생각 못 했는데."

"따라와서 죄송해요."

"아니, 난 전혀 상관없어. 그보다는 치유리가 힘들 것 같아서. 하루 군의 신혼 모습을 가까이서 보는 거잖아."

망설이지 않았다면 거짓말이다.

아르바이트하는 곳에서 하루 씨와 아사가 씨가 오늘 일에 대해 이야기하는 걸 들었을 땐 수많은 감정이 가슴에 싹텄다.

하지만 깨닫고 나니── 내가 먼저 참가 신청을 하고 있었다.

"괜찮아요."

내가 말했다.

"하루 씨는 이미 확실히 털어냈어요. 오늘은 그냥 알바 동료의 신혼 생활을 놀려주러 온 것뿐이에요."

이게 어디까지 진심인지는 스스로도 잘 모르겠다.

진심——이라고 생각한다.

하지만 어쩌면 스스로 그렇게 생각하려고 애쓰는 걸지도 모른다.

아니면 오늘로 확실하게 포기하고 싶었던 걸 수도 있다.

부인과 얼굴을 마주하고, 두 사람의 행복한 신혼 생활을 보며 자신의 마음을 매듭짓고 싶었다——.

"사모님, 정말 예쁜 분이셨죠~. 아하하, 저런 사람이 상대라면 제가 진심으로 빼앗을 마음을 먹었다 해도 절대로 무리였을 거예요. 어휴~ 위험했다."

"……그래. 그럼 그런 걸로 해 두지, 뭐."

아사가 씨가 눈을 가늘게 뜨며 다소 쓰게 웃어 보였다.

많은 말을 삼킨 것 같은 그런 애매한 웃음이었다.

"그렇다면 나도 크세 신경 안 쓰고 평상시대로 행동할 거야."

"그래 주세요. 둘이서 실컷 하루 씨를 놀려주자고요."

내가 웃으며 그렇게 말한 타이밍에 신혼부부가 거실로 돌아왔다.

✴

푹 익힌 햄버그, 버섯 파스타, 치즈 얹은 크래커 등등.

식탁 위엔 리오가 오늘 반나절 동안 준비한 음식들이 가지런히 놓여있었다. 식후로는 두부로 만든 수제 치즈 케이크도 준비

되어 있다고 했다.

참고로 나와 카노 씨는 미성년자였기에 술은 없었다.

"음, 맛있다. 굉장하네, 리오 씨. 요리까지 잘하다니."

"아뇨, 아뇨. 별거 아니에요. 이런 건 그냥 요리 유튜버를 보면서 따라 한 것뿐인걸요."

겸손한 대사를 뱉으면서도 노골적으로 좋다는 얼굴을 지어보이는 리오.

"귀한 집 아가씨라고 들어서 솔직히 가사나 요리에 서투르지 않을까 생각했는데…… 전혀 아니었네. 이거 몰라봐서 미안해."

"아하하. 하기야 그런 아가씨들도 세상에 많겠죠. 주변 일을 전부 사용인에게 맡기고 제멋대로 구는 아가씨도. 하지만 전 그렇지는 않거든요."

……잘도 말하는군.

요리를 시작한 것도 나와의 결혼이 정해진 후부터가 아닌가. 그때까진 전부 하야시다 씨에게 맡겼으면서.

뭐, 말하진 않겠지만.

"……정말 대단하네요, 리오 씨. 나는 못 당하겠네."

조금 쓸쓸해 보이는 목소리로 카노 씨가 그렇게 말했다.

"카노 씨는 요리 같은 거 잘 안 해?"

"요즘은 자꾸 미루는 것 같아요. 본가에 있을 땐 많이 만들고 그랬었는데 혼자 사니까 만드는 게 귀찮아서요."

"아~ 알아, 알아. 나도 혼자 살 때는 별로 만들어 먹을 맘이 안 나더라고. 1인분만 만드는 게 오히려 더 귀찮단 말야."

"그래도 좋겠네요. 지금은 리오 씨가 맛있는 밥을 만들어 주잖아요. 하아~ 나도 결혼하고 싶다…… 상대는 없지만."

농담조로 말하며 웃는 카노 씨.

식사가 얼추 마무리된 후엔 당연하다고 할지, 우리 부부의 이야기가 주가 되었다.

"저기, 하루 군. 다른 사진은 없어?"

결혼식 포토북을 보고 있던 아사가 씨가 물었다.

"다른 거요……? 나머진 상견례 때 찍은 가족사진이나……."

"그런 격식 차린 거 말고, 뭔가 좀 더 러브러브한 거 말이야."

"러, 러브러브한 거……?"

"데이트 때 찍은 사진이라든가."

"……아, 저기."

말문이 막혀버렸다.

위장결혼에 지나지 않는 우리였기에 당연히 보통 부부나 커플이 하는 데이트 경험은 없었다. 아무렴 둘이서 나간 적 정도는 있지만 거기서 사진을 찍을 일도 없었고.

"그런 건…… 저, 리오."

"사, 사진 같은 건 별로 많이 못 찍었어요. 전 찍고 싶다고 하는데 하루 군이 별로 그런 걸 좋아하지 않더라고요."

리오에게 도움을 청하자 흠칫 놀란 표정을 지으면서도 능숙하게 얼버무려주었다.

내게 책임을 떠넘긴 것 같은 기분도 들었지만, 어쨌든 여기선 더 말하지 말자.

"마, 맞아요. 제가 별로 안 좋아해요."

"흐음~ 그래. 아쉽다."

아사가 씨는 깨끗이 물러났다.

변명이 먹힌 것인지, 아니면 거짓말인 줄 알면서도 본인들이 싫다면 넘어가 주지, 라는 어른의 대응인지는 모르겠다.

하지만…… 그렇군, 사진인가.

그런 걸 준비해 둘 필요도 있겠네.

요즘 커플이나 부부는 툭하면 스마트폰으로 사진을 찍는 느낌이고.

위장결혼을 이어가기 위해서는 그런 요소도 필요할지 모른다.

……뭐.

사실 데이트 사진이 있긴 한데.

고등학생 시절—— 리오와 사귈 무렵에 찍은 사진은 지금도 소중히 보관하고 있다. 스마트폰이 바뀌어도 매번 데이터는 제대로 옮겨 두었고 백업에도 만전을 기했다.

전 여친과의 사진을 계속 보관하고 있다니 내가 생각해도 좀 기분 나쁘다. 리오에겐 절대로 말할 수 없는 비밀이다.

"……그나저나, 좋네요. 결혼이라는 건."

포토북을 바라보고 있던 카노 씨가 진심이 담긴 어조로 말했다.

곧이어 뭔가 결심한 것 같은 얼굴로 똑바로 나를 바라본다.

"하루 씨는—— 리오 씨의 어디가 좋아요?"

"……푸흡."

느닷없는 돌직구 질문에 그만 뿜고 말았다.

"왜, 왜 그런 걸……."

"그 정도는 알려줄 수 있잖아요."

"아하하. 좋네. 나도 듣고 싶어."

"아사가 씨까지……."

두 사람의 시선을 받은 나는 무심코 리오 쪽으로 시선을 돌렸지만…… 리오도 얼굴을 붉힌 채 난처하다는 얼굴을 하고 있었다.

하지만 내 시선을 깨달았는지 표정을 바꾼다.

'……빨리 말해. 수상하게 생각할 거 아냐.'

그리 말하는 듯한 시선과 함께 가볍게 턱을 흔들어 보였다.

진짜냐.

뭐야, 이 말해야 할 것만 같은 흐름은.

이런 건 평범한 신혼부부라도 창피할 법한 질문이잖아.

하물며 우리들은 위장결혼이라 서로 좋아해서 결혼한 것도 아닌데……. 아니, 오히려 완벽한 비즈니스 관계였다면 이런 질문에도 적당한 문답을 만들어 두고 답했겠지만, 나는 아직도 잊지 못하고 있으니까──.

아아, 이제 뭐가 뭔지 모르겠다.

"……저기. 그, 뭐라고 할까."

수치심에 몸부림치면서도 나는 애써 입을 열었다.

"뭐…… 귀여운 부분, 이겠죠. 겉모습도 그렇고 내면도 꽤 귀여운 구석이 있어요. 기가 센 것처럼 보이기 쉽지만…… 의외로 순수하고 섬세한 부분도 많고. 그리고 뭐든 열심히 하는 것도 좋……아해요. 손재주가 좋은 편은 아니지만…… 한다고 마음

먹은 일은 최선을 다해서 해주고.”

죽을 만큼 부끄러웠지만 어떻게든 말을 뱉었다.

마주 보고 있는 두 사람은 히죽거리고 있었다.

“……흥. 기가 세다거나 손재주가 없다는 말은 필요 없잖아.”

옆에 있던 리오는 불만을 토로했지만 입꼬리가 씰룩이고 있었다. 저도 모르게 새어 나오려는 미소를 애써 참는 것처럼 보였다.

너무 부끄러워서 결국 참지 못하고 눈으로 변명을 던졌다.

‘연기니까 진지하게 받아들이지 마.’

‘알고 있어, 바보야.’

리오 역시 그런 눈빛으로 받아쳐 왔다.

“그렇구나아……. 이렇게 사랑받다니 부럽네요, 리오 씨.”

“아뇨, 뭘~. 아하하.”

“그럼── 리오 씨는 하루 씨 어디가 좋아요?”

“……으음?!”

화들짝 놀라는 리오.

이런 흐름이 될 줄은 전혀 예상치 못했다는 반응이었다.

아니, 보통은 예상하잖아.

어떻게 생각해도 다음엔 자기 차례잖아.

“저기, 으으음…….”

힐끔힐끔 나를 쳐다보더니.

“……나, 남자다운 점, 일까요.”

이윽고 체념한 듯 입을 열었다.

“언뜻 보기엔 미덥지 않아 보이지만…… 중요한 순간엔 결단력이 있어요. 어린 나이인데도 절 잘 이끌어 주고. 그리고 성실한 데다 노력가인 점도…… 네, 좋아해요. 열심히 한다고 하면 저보다도 하루 쪽이 훨씬 더 다양한 방면에서 노력한다고 생각해요."

귀까지 붉히며 띄엄띄엄 리오가 말했다.

마주한 두 사람은 히죽거리고 있다.

나로 말하자면…… 말로 형용할 수 없는 기분에 심장이 터질 것 같았다.

아니, 뭐야 이거.

위험해. 왜 기뻐하는 거냐고. 리오는 그냥 연기로 한 말일 텐데. 머리로는 아는데 마음이 제멋대로 붕붕 떠오른다.

한없이 올라가려는 입가를 필사적으로 누르고 있자 리오가 째릿 이쪽을 노려본다.

'그냥 연기거든. 진지하게 받아들이지 마.'

'알고 있다고요.'

눈으로 대화하는 우리.

"후후후. 역시 두 사람은 러브러브하네요."

"……카노 씨. 이 정도로만 해줘."

"네. 잘 먹었습니다."

만족스럽게 웃는 카노 씨의 모습에 나는 조용히 한숨을 흘렸다.

그 후로도 식사 자리는 이어졌지만 대체로 우리가 놀림을 당하는 흐름이었다.

시곗바늘이 9시가 넘을 즈음 두 사람은 자리에서 일어났다.

"하루 군. 오늘은 정말 고마웠어. 리오 씨, 잘 먹었어."

현관에서 신발을 신으면서 아사가 씨가 말했다.

"술도 안 마셨는데 이렇게 즐거웠던 밤은 정말 간만이네. 두 사람의 알콩달콩한 모습을 보고 있으니까 나도 또 결혼이 하고 싶어졌어."

"아사가 씨라면 금방 좋은 사람 찾을 수 있을 거예요."

적당한 인사치레를 돌려주었다.

카노 씨 역시 신발을 신고 정중하게 고개를 숙여 보였다.

"오늘은 감사했습니다. 저도 즐거웠어요."

작별 인사를 마치고 두 사람은 집을 떠났다. 카노 씨는 혼자 사는 아파트까지 전철로 돌아갈 예정이라 역까지는 아사가 씨가 데려다주기로 했다.

문이 닫히고 두 사람의 발소리까지 들리지 않게 된 후——.

""……하아.""

우리 둘 다 한숨을 내쉬었다.

단숨에 기운이 빠져나간 기분이었다.

"즐겁긴 했지만…… 역시 피곤했어."

"동감이야."

위장결혼을 들키지 않기 위한 부부 연기.

그건 역시 여러모로 멘탈이 피곤했다.

발언 하나하나에 신경을 써야 하고 상대의 일거수일투족에도 마음을 놓을 수 없다.

무엇보다——.

"마, 말해 두는데…… 아까 그건 전부 연기야. 러브러브한 신혼부부를 연기한 것뿐이니까 착각하지 마."

"알고 있다고."

"흐음, 그래? 어쩐지 꽤 흐뭇한 얼굴을 하고 있길래, 난 또."

"너야말로 싫지 않다는 얼굴이던데?"

"뭣, 뭐어?! 바보 아냐?! 전혀 그런 거 아니거든! 불쾌해! 널 칭찬하다니 거짓말이라는 걸 알아도 소름이 돋을 것 같았다고."

서로 노려보는 우리.

알고 있다.

리오가 하고 있던 건 신혼부부 연기였다는 걸.

하지만, 그렇다 해도—— 비록 연기라는 걸 알고 있어도 리오가 나를 사랑하는 남편처럼 대해주면…… 마음이 심란해서 공연히 신경이 쓰이고 마는 것이다.

"……아사가 씨, 생각보다 좋은 사람이었네."

리오는 한숨을 한번 내쉬더니, 그리 말했다.

"가벼워 보였는데 상식도 있고 신사적이라고 할까."

"그래, 좋은 사람이야."

"딜리헬에 다닌다는 건 좀 깨지만."

"……거긴 좀 용서해 줘. 이혼남이라 밤이 외로운 거라고."

"카노 씨도…… 뭐, 좋은 애였어."

"아아. 그렇지. 밝고 쾌활하고, 그리고 엄청 성실해. 알바도 공부도 열심히 하고 말야. 성적이 우수한 사람만 받는 장학금도 받고 있는 것 같아. 동생도 대학을 보내주고 싶다면서…… 정말 훌륭하지."

"……아, 그러셔. 미안하게 됐네. 대학 같은 건 적당히 다니고 알바도 한 적 없는 철부지 아가씨라."

"뭐? 여기서 왜 네 얘기가 나와?"

"따악히?"

금세 토라지는 리오. 특별히 별 의미 없이 카노 씨를 칭찬한 것뿐인데, 아무래도 비교해서 한 말이라고 생각했나 보다.

어떻게든 좋은 말을 해줘야 할 것 같은데 적당한 말이 떠오르지 않아서,

"저기…… 오늘은 고마웠어."

라고 내가 말했다.

"리오 덕분에 즐거운 식사 자리가 됐어. 정말 살았어."

"……좋은 부인이라고 생각했어?"

"그래."

"……이 세상에 둘도 없는 최고의 부인이라고 생각했어?"

"아~……. 그래그래, 했지, 했어."

"후훗."

적당히 고개를 끄덕여주자 리오가 승자의 미소를 지어 보였다.

"뭐, 당연하지. 이 리오 님에게 걸리면 남편의 동료를 대접하는 식사 정도야 식은 죽 먹기지. 감사하도록 해. 이런 멋진 부인을 얻었다는 사실에."

"그래그래, 하고 있어."

하여간 정말이지.

단순한 건지 까다로운 건지 종잡을 수 없는 여자다.

"하아, 그래도 다행이야. 아무 일 없이 무사히 끝나서. 그 두 사람에게……."

리오가 말했다.

깊이 안도했다는 목소리로.

결국은── 마음이 느슨해져 있었던 거다.

나도, 그리고 리오도. 모든 게 끝났다고 생각하고 방심하고 있었다.

과제를 클리어했다고 생각하고 안심하고 있었다.

그래서── 눈치채지 못했다.

빠른 걸음으로 돌아오는 발소리를.

그리고.

문이 열리는 소리에 대한 반응조차 늦어지고 말았다.

찰칵──.

"죄송해요. 저 핸드폰을 깜빡 놓고 가서."

"──위장결혼이라는 걸 들키지 않아서 정말 다행이야."

문이 열린 후── 리오는 기세 좋게 대사를 이어갔다.

당황한 모습으로 문을 연 것은── 카노 씨.

인터폰을 울리지 않은 것은 시간이 늦었기 때문일 거고, 노크도 없이 초조한 모습으로 문을 연 것은 아사가 씨가 기다리고 있으니 서두르려던 탓일 거다.

""──웃.""

나와 리오는 한참이나 뒤늦게 카노 씨를 돌아보았다.

어떡해. 망했다.

제발. 제발 못 들었다고 해주기를.

문이 열리는 소리와 겹쳐서 못 알아들었다거나——.

그런 식으로 필사적으로 빌었지만.

"어…… 위장, 결혼……?"

카노 씨가 어안이 벙벙한 얼굴로 불쑥 중얼거렸다.

기도는 닿질 않았나 보다.

평화롭게 끝났다고 생각됐던 아르바이트 직원들과의 식사 모임은, 막판에 엉뚱한 문제로 번지고 말았다.

제5장 비밀 폭로

＊

우선 카노 씨가 스마트폰을 갖고 돌아오는 걸 기다리던 아사가 씨는 먼저 돌려보내기로 했다.

『죄송합니다. 스마트폰을 찾고 있던 와중에 카노 씨 옷을 더럽혀 버렸어요.

저희 쪽에서 세탁하고 돌려보낼게요.

돌아갈 땐 제가 바래다줄 테니 아사가 씨는 먼저 돌아가세요.』

되는대로 둘러댄 변명이었지만 아무튼 그런 내용의 라인을 보내두었다.

스마트폰은 바로 찾았다.

하지만 ── 가노 씨를 이내로 돌려보낼 수는 없었다.

"……그럼 정말이었군요."

대강의 이야기를 전해들은 카노 씨는 가만히 입을 다물고 있었다.

불과 수십 분 전만 해도 그렇게나 화기애애하던 거실이, 지금은 뭐라 말로 형용할 수 없는 답답한 분위기가 되어 있었다.

"두 분은…… 사정상 결혼이라는 형식을 취한 것뿐이고, 지금은 그저 부부 행세를 하고 있는 상황──. 즉 위장결혼을 하고 있다고요."

확인하는 듯한 물음에 나와 리오는 작게 고개를 끄덕였다.

결국── 숨김없이 모든 것을 말하기로 했다.

그렇게 결정적인 말을 들어버린 이상 섣불리 속인다 한들 소용없을 거라 생각했기 때문이다.

"하아…… 뭔가 놀랍네요. 위장결혼이라니…… 이야기로 들은 적은 있지만, 설마 정말로 그런 걸 하는 사람이 있을 줄은."

"……아하하. 그렇지. 나도 설마 내가 할 줄은 생각 못 했어."

경직된 미소를 지어 보이는 리오.

난 고개를 숙였다.

"미안해, 카노 씨. 지금까지 속여서……."

"아, 아뇨, 그런. 사과하지 않아도 돼요."

카노 씨는 황급히 손을 흔들었다.

"처음엔 놀랐지만…… 제대로 설명을 듣고 납득했어요. 리오 씨의 본가를 위해서인 거죠."

"아, 으응."

사실은 내게 또 하나, 성가신 형수의 구혼을 피하려는 목적도 있었지만 그 부분은 설명이 복잡했기에 생략하기로 했다.

"소꿉친구를 돕기 위해 과감히 결혼까지 하다니…… 어쩐지 하루 씨답네요."

"나답다고?"

"머리가 좋은 건지 나쁜 건지 모르겠는 부분, 말이에요."

"……그거 칭찬이야?"

"칭찬이에요, 일단은."

어딘가 만족한 듯 그렇게 내뱉고는 빙긋 웃는다.

부드러운 미소에 무거웠던 공기가 다소나마 누그러진 것 같았다.

"……그렇게 돼서 카노 씨, 이 일은 아무에게도 말하지 않았으면 해. 우리 부모님도 모르는 일이니까."

"알고 있어요. 아무에게도 말하지 않을 테니 안심하세요."

올곧은 눈을 하고 카노 씨가 말했다.

"아니, 그보다는 말해도 아무도 안 믿을걸요, 이런 이야기."

"……그런가."

휴우 하고 가슴을 쓸어내렸다.

옆에 있던 리오 역시 안심한 듯 숨을 내쉬었다.

"하아, 다행이야. 들켰을 땐 어떻게 되나 싶었는데…… 응, 들킨 게 카노 씨라서 다행이다."

"……가볍게 말하지 마. 누구 때문에 들켰다고 생각하는 거야."

"뭐, 뭐야! 그긴 사고였어, 사고!"

마음이 놓인 탓인지 평소의 기세로 서로 노려보는 우리들.

"저기…… 두 분은 연인 관계가 아닌 거죠. 호적은 넣었지만 마음으로는 부부가 아닌, 그런 거죠."

그런 우리를 보고 있던 카노 씨가 물어왔다.

질문에 리오가 곧바로 대답했다.

"다, 당연하지. 뭐, 한때 그런 관계였던 적도 있지만…… 그래도 지금은 아무 마음도 없어. 타인이야, 타인. THE 타인."

"……하지만 그런데도, 타인인데도 같이 살고 있는 거네요."

카노 씨가 말했다.

말투는 진지했지만 점차 뺨이 붉어져 간다.

"예전 커플이 한 지붕 아래에서 같이 생활한다니…… 어쩐지 아슬아슬하네요. 실수로 사고가 일어나거나……."

""~~웃.""

나도 리오도 실컷 동요를 드러내 버렸다.

잠깐…… 부탁이니까 그만해 줘.

우리의 상황을 객관적으로 설명하지 말아줘.

냉정하게 생각하면 할수록…… 어딘가 묘한 상태니까, 우리들.

"……어, 없어, 없어! 그런 일 없어! 이제 와서 이 남자랑 어떻게 된다는 건 있을 수 없어!"

"그래, 그래! 이 녀석과 사고라니 그런 일 있을 리가 없지!"

"잠깐! 무슨 뜻이야?!"

"뭐? 뭐야. 사고 같은 건 없었잖아."

"없었지만, 네가 말하는 건 화가 나! 넌 사고를 치려고 필사적으로 애써야지! 난 그걸 코웃음 치면서 받아넘길 거니까."

"뭐야, 그 이상한 자존심은?"

평소의 기세로 서로 물어뜯는 우리들.

그런 솔직한 대화를 주고받는 우리의 모습을 본 카노 씨는,

"푸흡, 아하하."

하며 웃음을 터뜨렸다.

"앗, 죄송해요, 웃어버려서. 어쩐지…… 사이가 좋아 보여서."

""사이 안 좋아!""

"……후후."

동시에 반박한 탓에 또다시 웃음을 사고 말았다.

말로 형용할 수 없는 민망함을 느낀 나는 무심코 눈을 굴리다가, 문득 중요한 사실을 깨달았다.

"……앗, 카노 씨. 시간 괜찮아? 막차 시간 빠르다고 하지 않았어?"

시계를 보니 이미 11시가 지나 있었다.

이야기를 나누는 사이에 예상외로 시간이 지나버린 것 같았다.

카노 씨의 아파트는 여기서 한 번 환승해서 가야 하는 곳인데다, 두 번째로 타는 전철의 막차 시간이 꽤 빠르다는 얘기를 식사 자리에서 들었던 것 같다.

"헉…… 아앗! 크, 큰일났다!"

벽에 걸린 시계를 보고 당황하는 카노 씨.

"지금부터 달려가면 아슬아슬할…… 아니, 이미 그것도 무리려나……."

빠르게 짐을 정리하다가 곧 체념한 얼굴이 되었다.

이미 막차를 탈 수 없는 타이밍인 것 같았다.

"아차…… 실수해 버렸네요."

"미안, 우리 때문에. 택시비 줄게."

"아니요. 잊고 있던 제 잘못이니까요. 택시비 정도는 제가 낼 수 있어요."

"하지만 심야 요금이라 꽤 들 텐데."

"……괘, 괜찮아요. 뭣하면 근처 만화방 같은 곳에 묵으면 되니까요."

"만화방에서는 편히 못 자잖아. 여자 혼자선 위험하고…… 역시 택시비 줄게."

"못 받아요. 아까 그러셨잖아요. 본가에서 돈을 안 받고 있다고. 그런 두 사람의 생활비에서 돈을 받다니……."

"……그럼 말이지."

우리 두 사람이 저자세로 설전을 벌이고 있는데, 불쑥 생각났다는 듯이 리오가 끼어들었다.

"카노 씨, 오늘 자고 가는 게 어때?"

몇 차례 대화가 오고 간 끝에 결국 카노 씨는 묵고 가게 되었다.

그렇다 해도 이미 밤 11시를 넘긴 시각.

자는 것 말고는 딱히 할 일도 없었다.

"미안해요, 리오 씨. 잠옷이나 클렌징 제품까지 빌려 써서."

세면실에서 옷을 다 갈아입은 카노 씨가 거실로 돌아왔다.

"아니, 신경 쓰지 마. 사이즈는 괜찮았어?"

"네, 괜찮아요."

빙긋 웃으며 말하는 카노 씨.

하루는── 이미 자고 있었다.

내가 억지를 부려서 무리하게 침실로 밀어 넣었다.

그야.

카노 씨의 잠옷 차림은 하루에게 보이고 싶지 않았으니까.

……아, 아니야.

딱히 질투라던가 그런 게 아니라!

그냥…… 연인도 아닌 남자에게 잠옷 차림을 보이면 카노 씨가 가엾다고 생각했을 뿐! 카노 씨를 신경 쓴 것뿐이지…… '하루에게 잠옷 차림을 보여도 되는 것 나쁜'이라는 독점욕 때문에 그런 건 절대 아니야!

"카노 씨. 이불은 이거 쓰면 돼."

머릿속의 갈등을 애써 드러내지 않은 채 거실에 깐 이불 중 하나를 가리켰다.

카노 씨가 옷을 갈아입는 동안 잠자리 준비는 모두 끝내놓았다.

지금 거실에는 이불이 두 채.

하나는 내가 평소에 쓰던 것이고 다른 하나는 예비용.

여자끼리라고 해도…… 같은 이불에서 자는 건 거부감이 있었다.

오늘 처음 본 사이기도 하고.

하야시다와는 몇 번 같이 잔 적이 있지만.

"하나부터 열까지 정말 죄송해요."

"됐어, 됐어. 내가 꺼낸 말이고."

시간이 시간인지라 등불을 약하게 줄이고 우리는 각자 잠자리에 들었다.

잠시 침묵이 흐르고.

"……두 분은."

하고 카노 씨가 입을 열었다.

"늘 이렇게 자는 건가요?"

"맞아. 하루가 침실, 난 이쪽에서 이불을 깔고 자는 식이야."

"……함께 자는 일은?"

"어, 없어, 없어! 있을 리가 없지! 그야 지금은…… 알잖아, 그냥 타인이니까. 같이 잔다니 절대 그럴 리 없지…….

뭐.

사실 한 번 있긴 하지만.

할머니 병문안을 가서 혼인 신고서에 증인 서명을 받고 돌아온 날.

하, 하지만 그건…… 예외 중의 예외야!

그날의 난 어딘가 좀 이상했어!

"하루 씨와 리오 씨…… 단순한 타인이라는 느낌은 별로 없는 것 같아요. 한때 사귀어서 그런가, 서로가 서로를 스스럼없이 대하는 느낌이에요."

"……지긋지긋하게 이어진 인연일 뿐이야. 게다가…… 사귀었다고 해도 고등학생 때 잠시 사귀었을 뿐이고. 젊은 혈기로 연인 놀이 같은 걸 했을 뿐이지. 정말 그것뿐이야."

"그럼── 재결합할 생각은 없나요?"

어딘가 무게가 느껴지는 어조로 카노 씨가 물었다.

"재, 재결합이라니……."

"지금은 위장결혼을 했다고 하지만…… 실제로는 어떤가요? 리오 씨는 아직 미련이 있다거나."

"……없어. 전혀 없어."

나는 말했다.

그렇게 말할 수밖에 없었다.

"이제 와서 그 녀석이랑 어떻게 되다니 있을 수 없어. 이제 완전히 털어버려서 지금은 그냥 소꿉친구이자, 이해관계로 맺어진 파트너야. 하루도 나한테 아무런 마음도 없을 거야."

"……그렇군요."

'**다행이다**' 하고 카노 씨가 말했다.

진심으로 안도했다는 목소리로.

그만 얼떨결에 속마음이 튀어나온 것 같은 목소리로.

"……어?"

"앗, 아뇨, 아, 아무것도 아니에요…… 안녕히 주무세요."

황급히 대화를 중단한 카노 씨는 그 후로 입을 꾹 다물어 버렸다.

하지만 나는―― 번쩍 눈이 뜨이고 말았다.

"…………."

어?

어어어?

🔥

더 오래 머무르는 것도 실례였기에 아침 일찍 하루 씨네 집을 나오게 되었다.

전철을 갈아타고 집으로 돌아간다.

지은 지 10년 된 1K(일본식 집 구조로 방 한 개와 별도의 주방으로 이뤄진 구조).

하루 씨의 맨션과는 비교할 수 없는 1인용의 좁은 집. 가난한 대학생이 쓰기에는 딱 적당하다고도 볼 수 있었다.

방에 들어간 후 가방을 내려놓고 침대 위에 쓰러졌다.

조금 더 자고 싶은 기분.

머리는 수면 부족으로 멍했다.

낯선 환경이라 잠을 잘 못 자서…… 라는 이유도 있겠지만, 그 이상으로 고민하느라 시간을 보낸 탓이었다.

"……그 두 사람, 사실은 정말 어떨까?"

하루 씨도 리오 씨도 입을 모아 '연애 감정은 없다'라고 말했다.

지금은 이미 서로가 털어냈다, 라고.

하지만── 진심은 어떨까.

예전에 사귀던 두 사람이 지금은 위장결혼이라고는 하지만 한 지붕 아래에서 살고 있는데 어떻게 아무 일도 없을 수가 있단 말인가.

다시 타오른다고 해도 이상하지 않다.

게다가 어쩐지…… 두 사람은 굉장히 사이가 좋아 보였다.

이상한 이야기지만── 필사적으로 사이좋은 부부를 연기했을 때보다, 위장결혼을 털어놓고 자연스럽게 마주하고 있을 때가 더 친근해 보였다.

스스럼없이 대한다고 할지, 같이 있는 게 자연스러워 보인다고 할지.

마치── 오랜 세월을 함께한 부부 같았다.

소꿉친구이자 옛 연인── 긴 시간을 쌓아 온 두 사람이기에 느껴지는 유대감에 흐뭇한 기분도 들었지만…… 동시에 안타까운 마음이 들었다.

"……하루 씨."

몰랐어.

하루 씨는 그런 얼굴을 하는구나.

화를 내거나, 어이없어하거나, 째려보거나, 짜증을 내거나.

나를 대하는 상냥하고 신사적인 태도와는 전혀 다르다.

나는 본 적 없는 많은 얼굴을 리오 씨 앞에서는 보이고 있었다.

"…………."

문득── 떠올랐다.

예전에 하루 씨와 나눴던 대화가.

아직, 만난 지 얼마 되지 않았을 때──.

"──하루 씨는 지금 여친 있어요?"

아르바이트를 마치고 돌아가는 길이었다.

마침 끝나는 타이밍이 같아서 어쩌다 보니 역까지 함께 돌아가게 되었다.

옆에서 걷고 있는 하루 씨에게 나는 질문을 던졌다.

딱히 깊은 의도 없이 그저 잡담하는 느낌으로.

"……오."

"엑. 뭐, 뭐예요, 그 반응은?"

"아니, 좀 감동해서."

"감동? 어디에서요?"

"……나 같은 놈한테 이런 종류의 질문을 하면 보통 '여자 친구 사귀어 본 적 있어?' 같은 식으로 묻는 경우가 많거든. 대학 신입생 환영회라든가, 정말 거의 대부분……. 그래서 평범하게 '지금 여친 있어?'라고 물어준 게 조금 기뻐서."

엉뚱한 데서 감동을 하고 있었다.

대하기 까다로운 성격을 가진 남자다웠다.

"그러니까 여친은, 지금은 없어. 지금은."

유난히 '지금은'을 강조하는 하루 씨였다.

"그럼 사귀어 본 적은 있어요?"

"……지금 흐름에서 그 질문을 하는 거냐?"

"아하하. 그렇게 됐네요."

"……사귀어 본 적은 있어."

하루 씨는 어딘가 먼 곳을 응시하면서 말했다.

두 번 다시 돌아오지 않을 나날을 덧없이 그리는 듯한 눈으로.

"고등학교 때 잠깐이지만."

"……그 말투는 아직 미련이 있는 것 같네요."

"미련…… 뭐, 있을지도 몰라. 완전히 잊었다고 하면 거짓말 이겠지."

"어지간히 멋진 사람이었나 봐요."

"……으음, 뭐."

멋쩍은 듯, 그렇지만 인정하는 하루 씨.

그러고 나서 뒤늦게 변명하듯이 말을 잇는다.

"나 말이지…… 고등학교 수험을 망쳤었거든."

"네……?"

"알다시피 우리 집안은 꽤 좋은 집안이라 고등학교도 대대로 현내 제일의 명문고로 정해져 있어서……. 두 형도 다 거길 다녔지. 나도 당연히 거기 갈 예정이었는데…… 수험 직전에 인플루엔자가 유행했어."

"아아……."

"어떻게든 시험 전까지 열은 내렸는데 컨디션이 돌아오질 않아서 엉망이었지……. 결국 1지망에 떨어져서 2지망에 다니게 됐어. 충격적이었어. 내가 내세울 만한 거라고는, 공부밖에 없었는데……. 공부만으로 자존심을 유지하는 시시한 남자였는데 그 공부마저 실패해 버린 거니까."

밝은 어조로 말하지만, 당시엔 상당한 충격이었을 거다.

나도 고등학교와 대학 수험을 겪었기에 알고 있었다.

수험생에게 있어서 수험이란 세상의 전부였기에── 수험의 실패는 곧 세상에게 존재를 부정당하는 것 같은 절망을 느끼게 한다.

"뭐, 다행히 우리 가족들은 비교적 열린 생각을 가진 사람들이 많아서 말이야. 아버지도 어머니도 큰형도 수험 실패 정도로 꾸짖지 않았고 오히려 배려하고 격려해 줬어. '신경 쓰지 마' '겨우 수험 가지고' '정말 중요한 건 대학이야'라면서. 근데 난…… 오히려 그런 배려가 더 힘들었어. 솔직히…… 꽤 가라앉아 있었어. 2지망 고등학교 같은 건 그만둘까 생각할 정도로……."

"…………."

"그럴 때—— 그 녀석이 위로하러 와줬어."

수험 실패로 절망한 하루 씨 곁에 전 여친이 와줬다.

당시는 아직 사귀고 있지 않았던 것 같지만, 하루 씨와 그 사람은 오래전부터 친분이 있던 소꿉친구라 접점이 많았다고 한다.

"기, 기운 내라니까!"

"겨우 수험 정도로 뭘 그러는 거야! 고등학교 수험이라는 건이 긴 인생에서 정말 사소한 거라고. 신경 쓸 필요 없어!"

"정말 중요한 건 대학 수험이야!"

"인플루엔자라면 어쩔 수 없지. 응응, 어쩔 수 없었어!"

"애초에 1지망에서 떨어진 정도로 침울해하다니 나한테 실례라고 생각 안 해? 만반의 컨디션을 갖추고도 1지망도 2지망도 떨어지고 3지망에 다니는 난 그럼 어떻게 되는 건데?"

기운을 북돋아 주거나, 응원을 해 주거나, 위로해 주거나, 농담을 하거나.

전 여친은 최선을 다해 하루 씨를 격려해 주었다고 한다.

"마음은 기뻤지만, 솔직히 힘들었어. 우울할 때 기운 내라는 말을 들어봐야 괴로울 뿐이니까. 네가 뭘 알아, 라고 생각했지."

그 후로도 전 여친은 계속 격려를 해준 것 같지만, 결국——.

"남자니까 언제까지 풀 죽어 있지 말고 어딘가 확 놀러라도

가란 말이야. 확…… 어딘가…… 둘이서…… 으, 윽…… 히
윽…… 끅, 흐아앙."

　　결국── 울기 시작했다고 한다.
　　장황한 격려 도중에 갑자기.
　　통곡이라고 할 수 있는 수준으로.
　　하루 씨가 황급히 물었다.
　　왜 네가 우는 거야, 라고.

　　"그치만…… 그치만 분하잖아!"
　　"하루…… 그렇게나 열심히 공부했는데!"
　　"컨디션만 좋았다면 하루는 분명히 합격할 수 있었어! 하루는
굉장한 녀석이니까! 노력하는 천재라 더 굉장하단 말이야!"
　　"아아! 정말, 수험 같은 단판 승부 시스템은 최악이야, 최악!
이런 걸로 어떻게 인간의 가치를 알 수 있다는 거야!"
　　"으윽…… 흑, 으아아앙, 어째서, 대체 왜냐고…….."

　　처음엔 다 안다는 듯 판에 박힌 격려를 반복하던 전 여친이,
이번에는 돌변해서 아이처럼 감정을 드러내고 울고 화내며 난
리를 피운 것이다.
　　"나를 격려하러 온 걸 텐데…… 정신을 차리고 보니 내가 필
사적으로 그 녀석을 위로하고 있었지 뭐야."
　　하루 씨가 쓰게 웃었다.

어딘가 행복이 깃든 쓴웃음이었다.

"······그 녀석, 자기가 수험에 실패했을 땐 눈물 한 방울 안 흘 렸으면서 나 때는 펑펑 울었지······. 나 같은 걸 위해서, 나보다 도 더 많이 울어주고 화내고, 분통을 터뜨려 주는 녀석이 있다 는 게······ 그게 왠지 너무 기뻐서 구원을 받은 기분이었어."

"············."

과거의 연인을 이야기하는 하루 씨의 얼굴은 어딘지 모르게 덧없지만, 묘한 따스함으로 가득 차 있어서 나는 공연히 애틋한 마음이 들고 말았다.

"앗! 미안. 뭔가 자랑하듯이 말해 버렸네. ······아니, 자랑은 아닌가. 이미 헤어졌으니까. 미안, 이상한 얘길 해서······."

"아, 아뇨. 신경 쓰지 마세요."

풀이 죽어가는 하루 씨에게 황급히 손을 흔들어 보였다.

머릿속에는 아직도 이끼의 절절한 옆모습이 남아 있다.

옛 연인을 향한 뜨겁고 강렬한 마음과 집착──.

부럽다고 생각했다.

이렇게 깊고 진지하게 사랑받을 수 있는 그녀가, 부럽다.

이 사람에게 사랑받는 여성은 행복하겠구나 하는 생각이 들 었다.

어쩌면 이 순간부터일지도 모른다.

하루 씨가 신경 쓰이기 시작한 건──.

"······리오 씨였던 거죠."

중얼거리면서 침대 위의 베개를 꼭 끌어안았다.

하루 씨의 전 여친.

지금이라면 알 수 있다.

그때 말한 전 여자 친구는—— 분명 리오 씨를 말하는 거겠지.

아마 그땐 위장결혼 같은 건 예정에도 없었을 거고, 나와 리오 씨가 후에 만날 거라고는 생각도 못했겠지.

그러니까 하루 씨도 숨김없이 털어놓았던 거라고 생각한다.

숨김없는—— 본심을.

"…………."

두 사람의 결혼이 위장결혼이라는 걸 알았을 때——.

물론 굉장히 놀랐지만, 그 놀라움이 가라앉아가면서 점차 다른 감정이 싹트기 시작했다.

어라?

어쩌면 나—— 포기하지 않아도 되는 건가?

하루 씨를 좋아한 채로 있어도 되는 걸까?

그야 두 사람은 단순한 위장결혼이니까.

그런 것을 생각해 버리고 만다.

하지만 또 헷갈리고 만다.

하루 씨와 리오 씨의 본심이 어떻게 해도 신경이 쓰이고 만다.

두 사람의 위장결혼은—— 정말 위장결혼인 걸까.

"하아~……."

본가 침대에 몸을 던진 나는 깊은 한숨을 내쉬었다.

집에 머물렀던 카노 씨가 돌아간 후──.

하루는 대학의 도서관으로 공부를 하러 갔고 나는 나의 본가로 향했다.

내가 나간 뒤에도 늘 깔끔하게 정돈되어 있는 침대에 누워 베개를 끌어안고 뒹굴거렸다.

그런 나를── 싸늘한 눈으로 바라보는 메이드가 한 명.

"……친정에 돌아오자마자 뭘 하는 거죠, 당신은?"

"이, 이 정도는 괜찮잖아. 어제 잠도 별로 못 잤다고."

"그럼 집에서 자면 되지요. 본가가 아니라 지금 본인의 집에서요. 이제 정식으로 결혼해서 성까지 바뀌었으니까요."

정론을 말하는 하야시다.

"……됐으니까 조금만 누워있게 해줘."

"하여간. 못 말리는 새색시로군요."

체념한 듯 말한 하야시다가 침대에 앉았다.

"무슨 일이라도 있었습니까?"

"……있는 듯 없는 듯."

"또 하루 님의 업소 출입 증거라도 나왔나요?"

"그건 아니……지만."

문득 떠올랐다.

하루가 유흥업소에 갔다고 착각했던 일을.

그때 나는 바람이다 뭐다 하면서 난리를 피웠는데──.

"저기…… 하야시다는 상대가 바람피운 적 있어?

"……제 그런 경험담을 캐내고 싶다면 해가 지고 나서 해주세요. 독한 술도 부탁합니다. 길어질 거고 도중에 돌려보내지도 않을 겁니다."

담담한 말투로, 그러나 등골 서린 어둠이 느껴지는 목소리였다.

지뢰를 밟아버린 것 같다.

"미, 미안. 역시 안 물을게……."

"현명한 판단이군요. 그래서…… 왜 그런 걸 물어보는 거죠? 이번에야말로 하루 님이 바람이라도 피웠나요?"

"저기. 바람은 아닌데……."

고민 끝에 나는 어제 있었던 일을 모두 털어놓았다.

얼버무리려 해봤자 하야시다에겐 전부 간파당할 거라 생각했기 때문이다.

카노 씨에게 위장결혼을 들켰다는 것.

그리고── 그녀가 하루에게 마음이 있어 보인다는 것.

내가 생각하고 느꼈던 걸 전부 얘기했다.

"그렇군요…… 알바처에 하루 님의 대학 동기가 있고, 아무래도 그 사람이 하루 님을 좋아하는 게 아닌가, 하고……. 흐음. 뭐, 그런 일도 있을 수 있죠."

"그, 그런 거야?"

"그야 당연하죠. 하루 님에게 반하는 여자 한두 명 정도는 있어도 이상할 게 없습니다."

"그, 그래도 그 녀석은, 뭐라고 하지…… 그렇게 적극적인 편도 아니고, 자기가 먼저 여자를 유혹하는 일도 절대 없을 것 같은데."

"그런 남자를 좋아하는 여자도 있답니다. 상황에 따라선── 저도 노리고 있고요."

"……에에에엑?!"

방금 터무니없는 소리를 들은 것 같은데?!

충격적인 발언을 들은 것 같은데?!

히로인 참전 선언을 들은 것 같은데?!

"어? 어? 하야시다도 하루를 좋아했어?!"

"좋아하는 건 아니지만 결혼 상대로는 꽤 괜찮은 상대라고 판단하고 있습니다. 리오 님과의 위장결혼이 언젠가 끝을 맞이할 때가 온다면 그땐 외람되지만 후처로 입후보해 볼까 하고요."

"…………."

"품행 단정에 성적 우수. 미모 수려…… 라고까지는 할 수 없지만, 그럭저럭 괜찮은 용모. 명문가 태생이면서 으스대는 구석도 없고 겸손한 인간성의 소유자. 게다가 밤놀이에 익숙하지 않은 동저── 실례, 높은 정조 관념의 소유자. 무엇보다…… 삼남입니다. 삼남이라고요. 부잣집의 삼남은 최고 아닌가요……!"

후반 쪽이 상당히 속된 이유였다.

아니…… 의외로 하야시다 정도의 세대라면 결혼 상대를 그런 조건으로 판단하는 게 평범한 걸까?

"……으음, 실례. 잠시 이성을 잃었군요."

"응. 정말로."

"뭐, 농담은 이쯤 하고, 하루 씨는 충분히 매력적인 남자라고 생각합니다. 인기 폭발까지는 아니지만 반하는 여자가 있어도 이상할 건 없죠. ……전 여친인 리오 님에겐 굳이 말할 필요도 없는 일이겠지만요."

"……웃."

"그래도…… 의외긴 하네요."

"응?"

"리오 님이니까 분명 하루 님에게 다가오는 여자가 있으면 또 바람이다 뭐다 하면서 소란을 피울 거라 생각했거든요. 본인 일은 쏙 빼놓고 하루 님이나 상대 여자를 몰아세우는 게 아닐까 하고."

"그건……."

확실히── 새삼 생각해 보니 스스로도 신기하긴 했다.

얼마 전 하루가 유흥업소에 갔다고 착각했을 땐 감정이 폭발해서 주체하질 못했었다.

'바람'이라고 단정하고 분노와 슬픔에 뒤범벅된 채 난동을 부려댔다.

그런데 지금은── 감정이 폭발하지는 않았다.

질척하게 섞이고, 무거워지고, 자꾸만 가라앉고, 마음 가장 깊은 곳에 둔한 아픔이 느껴지는 듯한 그런 기분.

"……지금의 나에겐 뭐라고 말할 자격이 없잖아. 그냥, 가짜 아내니까."

가슴의 통증을 억누르며 내가 말했다.

"접대인 유흥업소와는 달라……. 지금의 하루를 진심으로 좋아하는 여자가 있다면…… 내가 이래라저래라 한다고 해도 소용없잖아. 그만두라고 말할 수도 없어……. 하루에게도, 카노 씨에게도."

이미 한 번 하루를 차고 포기해 버린 여자가.

하루의 선의에 기대 위장결혼하고 있는 여자가.

무슨 자격으로 감히 참견할 수 있단 말인가.

가짜에 지나지 않는 나는 아무 말도 할 수 없다.

"……놀랍네요."

하야시다가 눈을 살짝 크게 뜨고는 감탄한 어조로 말했다.

"생각보다 제대로 된 인간성을 지니고 있었군요."

"……나를 대체 뭐라고 생각하는 거야?"

"리오 님이니까 분명 '하야시다, 그 도둑년한테 쳐들어 가겠어! 타마키가의 권력을 써서 두 번 다시 이곳에 발붙일 수 없게 해 버릴 거야! 이 리오 님의 남자에게 손을 대면 어떻게 되는지 후대까지 뼈저리게 깨닫게 해주마!' 같은 말을 할 거라 생각했습니다."

"정말로 날 뭐라고 생각하는 거야?"

"농담은 이쯤하고. 거기까지 알고 있다면…… 제가 할 말은 아무것도 없습니다. 그다음은 본인의 힘으로 끝까지 생각해 주세요."

침대에 걸터앉아 있던 하야시다가 가볍게 몸을 일으켰다.

"지금의 리오 님이 마주해야 하는 건 카노 님도, 하루 님도 아니라…… 본인의 마음일 테니까요."

30분 정도 선잠을 자고 나서 본가를 나왔다.

어쩐지 좀 걷고 싶은 기분이라 조금 먼 버스정류장을 목표로 나아갔다.

초여름의 공기를 느끼면서 한가롭게 걷고 있는데── 강가를 낀 길에서 익숙한 가게를 지나쳤다.

《타마키야 본점》

내 본가가 경영하고 있는 전통 화과자점── 그 1호점이었다.

낡은 분위기를 그대로 간직한 아담한 목조 점포.

현재는 더 크고 새로운 지점이 현내에 몇 개나 있지만 지금도 명의상으로는 이곳이 본점이다.

50년 정도 전에 할아비지와 할머니가 최초로 세운 가게로 개보수를 반복하며 지금까지 이어지고 있다.

"……뭔가 사 갈까."

오랜만에 얼굴이라도 비추고 가자.

본점에서 일하고 있는 사람은 대부분 친분이 있는 사람이니까 인사도 해둘 겸. 오빠는…… 지금은 어디 다른 지점에 있다고 했었나? 요즘은 거의 안 만나서 잘 모르겠다.

문득 가게에 들르려고 생각한 나였지만──.

그러나 거기서 뜻하지 않은 인물과 마주치게 됐다.

"──어머나. 리오 씨 아니신지."

"……윽."

가게에서 나온 그녀가 먼저 말을 걸어와 나도 모르게 몸이 굳었다.

검은색 바탕의 기모노. 빨간 끈으로 된 나무신. 처진 눈매에 온화한 얼굴이지만 그 눈에는 선연한 빛이 깃들어 있었다.

하루의 형, 소라 씨의 아내.

이스루기 아키노 씨였다.

"이런 곳에서 우연이군요."

"아, 네에. 정말 그러네요……."

상대는 나를 똑바로 응시해 왔지만 나는 무심코 시선을 돌려 버렸다.

으으…… 어쩐담.

어떻게 대해야 할지 전혀 모르겠어.

이 사람은 그저 단순한 형님이 아니다.

이 사람은—— 하루와의 재혼을 노리는 무서운 사람이었다.

이스루기가에서 뛰쳐나간 소라 씨를 단념하고 삼남인 하루의 아내가 되어 그룹 내에서 한층 더 올라갈 생각을 품고 있다고 했다.

위장결혼을 이어가고 있는 지금의 우리에게는—— 숙적과도 같은 존재다.

"리오 씨도 화과자를 사러 오셨나요?"

"앗, 네. 맞아요. 그, 그럼 전 이만……."

어색함에 서둘러 가게 안으로 도망치려는데.

"리오 씨, 다음에 무슨 예정이라도 있으신가요?"

하고 아키노 씨가 물었다.

"예정…… 은 없는데요."

무심코 사실을 말해버렸다.

아차 싶었을 땐 이미 늦은 뒤였다.

아키노 씨가 빙긋 미소 지었다.

"모처럼 만났는데 차 한잔 들지 않겠어요?"

거절하자니 상황이 이상해질 것 같아 나는 권유에 응했다.

본점에서 5분 정도 걸으면 나오는 세련된 찻집.

강가의 경치를 바라볼 수 있는 테라스 석에 둘이 함께 앉았다.

나는 홍차와 파르페를, 아키노 씨는 커피를 주문했다.

"정말 좋아한답니다, 타마키야의 화과자."

음료수가 도착한 타이밍에 아키노 씨가 그런 말을 했다.

발아래 짐 바구니에는 《타마키야》라는 문자가 적힌 종이봉투가 있다.

조금 전 그녀가 산 것이었다.

누군가에게 줄 선물인 줄 알았더니 정말로 본인이 먹는 용도였나 보다.

"저희 집 근처에 지점도 있는데 본점에만 있는 화과자도 있거든요. 맛과 모양도 숙련된 장인이 모두 손수 만드니까 다른 지점보다 더 고급스러운 느낌이고요."

"네에…… 그건 감사합니다."

뜻밖에 아키노 씨는 《타마키야》의 단골손님인 듯했다.

복장도 그렇고 과자까지 일본풍이라니…….

본점과 지점의 맛 차이는 난 거의 모르는데.

좀 더 말하자면——.

솔직히 난 그렇게까지 화과자를 좋아하지 않는다.

그냥 평범한 서양식 과자가 좋아.

편의점 디저트 같은 걸 정말 좋아한다.

할머니도 정말 좋아하고 우리 종업원들도 좋아하고 본가의 상품에는 자신도 있지만…… 그건 그거고 이건 이거지.

"후후. 어쩐지 상당히 경계하시는 것 같네요."

품위 있는 몸짓으로 커피를 마시던 아키노 씨가 말했다.

"……당연하죠. 당신이…… 나, 남편을 제게서 뺏어가려고 했으니까요."

"아, 역시 거기까지 들으셨군요."

나름대로 용기를 짜내서 핵심에 가까운 부분을 말했다고 생각했지만 아키노 씨는 태연하게 말을 이었다.

"그럼 더 이상 숨길 필요도 없겠군요. 네, 맞아요. 저는 당신의 현 남편인 이스루기 하루를 노리고 있습니다. 쓸 곳도 없는 지금 남편 대신 이스루기가의 직계이자 삼남인 그를 원해요."

"……웃. 어떻게 그렇게 뻔뻔하게."

"별로 상관없지 않나요? 어찌 되었든 당신들은—— 진짜 부부가 아니니까요."

"——?! 무, 무슨 말씀을 하시는 건지……."

위험해.

역시 하루가 말한 대로 아키노 씨는 우리를 의심하고 있다.

위장결혼에 관해 거의 확신에 가까운 의혹을 품고 있다.

"아니면 한 번 정도는 밤을 함께 하셨나요? 위장이라고는 해도 남녀가 한 지붕 아래에서 살고 있으니 마음이 없어도 실수는 일어날 수 있는 법이죠. 뭐…… 하루 씨에게 그 정도의 강단이 있을지 어떨진 모르겠지만."

"……아하하. 아까부터 무슨 소릴 하는 건지."

필사적으로 평정을 가장했지만 속으로는 쿵쾅거림이 멈추질 않는다.

큰일 났다, 큰일 났어.

어떻게든 해야 하는데.

이 화제가 이어지면 이어질수록 어딘가에서 허점이 드러날 것 같았다.

나와 하루가 서로 경험도 없는 위장결혼이라는 게 들켜 버릴 거야.

어떻게든 해야 해──라고.

필사적으로 머리를 굴리던 차에 주문했던 파르페가 도착했다.

순간 내 머리에 섬광이 번뜩였다.

손을 뻗어 파르페에 놓여 있는 체리 하나를 집었다.

과육과 꼭지를 나누고, 꼭지를 입에 머금는다.

의식을 입 안에 집중해 조물조물 혀를 움직인 후── 입안에서 꼭지를 빼냈다.

꼭지는 예쁜 매듭이 지어져 있었다.

그걸 보여주듯이 내밀며 자랑스럽게 말했다.

"뭐, 이런 거죠. 남편은 경험 많은 제가 확실하게 만족시켜 줄 테니 안심하세요."

홋.

이걸로 끝났어.

그러니까…… 그거지. 체리 꼭지를 입안에서 묶을 수 있다면, 키스를 잘한다는 뜻이잖아!

그 사실을 알고 나서 혼자서 몰래 연습을 이어온 결과 지금은 약간의 특기가 되었다. 아무에게도 보인 적 없는 특기지만…… 설마 이런 곳에서 도움이 될 줄이야.

어때, 아키노 씨?

이 능숙한 테크닉을 보면 더 이상 우리가 경험이 없다고 생각하진 못하겠지?

내 훌륭한 기교를 목격한 그녀가 필시 놀라움을 드러내나―― 싶었는데.

"……흐음?"

어리둥절한 얼굴을 하고 있었다.

이 녀석 뭐 하는 거지, 하는 얼굴.

어? 안 전해졌다고?!

내 혼신의 어필이 전혀 먹히지 않았어?!

"저, 지금 건 무슨 의미인 거죠?"

"어…… 아니, 저기."

"어째서 체리 꼭지를 입으로……?"

"그, 그러니까 그…… 제가 테, 테크닉이 좋다는 뜻으로…….."

"테크닉이?"

"체리 꼭지를 입안에서 묶을 수 있으면…… 키, 키스를 잘한다고…….."

"……풉. 후후훗, 아하하하하!"

거기서 아키노 씨는 폭소하듯 웃음을 터뜨렸다.

그녀답지 않은 시원스러운 웃음이었다.

"아하하하, 아~ 그렇군요. 그러고 보니 있었지요. 체리 꼭지를 입 안에서 묶으면 키스를 잘한다든가……. 중학생 정도의 애들이 진지하게 받아들일 법한 이야기가."

"주, 중학……?"

"후후훗…… 뭘 하시나 했더니, 설마 이걸로 테크닉을 어필하려고 했다니…… 후훗, 아하하하!"

"……으윽."

폭소하는 아키노 씨를 앞에 두고 난 창피함에 이를 악물었다.

아아, 정말 최악이야. 인터넷에 속았어!

이상한 정보를 믿었다가 망신만 당했잖아!

몇 년 동안 혼신의 힘으로 연습해 왔는데!

"후후…… 아~ 우스워라. 소리 내어 웃은 게 얼마 만인지 모르겠네요. 이렇게 웃은 건…… 나와 엄마를 버리고 간 망할 놈이 여자에게 찔려 죽었다는 말을 들었을 때 후로 처음이네요."

진심으로 즐겁다는 듯이 웃는다. 아니, 잠깐. 지금 아무렇지

도 않게 무시무시한 어둠이 느껴지는 발언 하지 않았나?! 아무렇지도 않게 넘기면 안 되는 발언 하지 않았나?!

화들짝 놀라는 나를 개의치 않고 아키노 씨는 내 파르페에 손을 뻗어 왔다.

아직 남아 있는 체리 하나를 집어 든다.

"실제로는 어떨까요. 키스를 잘하는 것과 관계가 있는지……혀 운동은 될 것 같기도 하지만요."

그런 말을 하면서 과육에서 떼어낸 꼭지를 입에 가져갔다.

몇 초간 우물거리더니 붉은 혀와 함께 꼭지를 빼냈다.

그걸 본 나는── 눈을 부릅뜨며 크게 놀랐다.

꼭지는 곱게 묶여 있었다.

그것도 한 번이 아니라── 두 번.

어?

거, 거짓말이지……?!

이 사람── 입 안에서 꼭지를 두 번 묶었어?!

지금 한순간에 무슨 기교를 쓴 거야?!

"으음, 글쎄요? 역시 이 정도는 테크닉과는 아무 상관이 없는 것 같아요."

두 번 묶은 꼭지를 냅킨에 감싸면서 아무렇지도 않게 말한다.

"중요한 건 혀의 움직임보다── 우선 이가 닿지 않게 하는 거죠."

"이를……."

들은 적 있다. 키스에 익숙하지 않은 사람이라면 실수로 이가 닿는 일도 있다고. 확실히 이를 닿지 않게 하는 게 중요할지도 모르겠다.

"이가 닿지 않도록 입을 확실하게 벌릴 것. 그리고 타액의 양도 중요합니다."

"타, 타액……."

"남자는 의외로 민감하거든요. 부끄러워하지 말고 타액을 제대로 내서 전체적으로 매끄럽게 발라 두면 통증을 느끼지 않고 쾌감만 증가시킬 수 있지요."

"매끄럽…… 어?"

"그리고 잊기 쉽지만 입에만 의존하지 말고 손도 잘 써야 해요. 끝을 입에 머금은 상태에서 타액으로 적신 곳 전체를 위아래로 쓸어 올린다. 그리고 빈손으로는 음낭을 부드럽게 감싸듯이 자극해 주면 상대는 극상의 쾌감에 빠져서 순식간에 도달하게 할……."

"……그거 키스 테크닉 얘기하는 거 아니죠!"

절대 키스는 아니야.

키스가 아니라…… 다른 구강 테크닉을 말하는 것 같은 느낌이 들어!

"후후훗, 눈치채셨나요?"

내 반응을 보고 유쾌하게 웃는 아키노 씨.

"리오 씨는 정말 반응을 잘해 주시네요. 참으로 놀릴 맛이 납니다."

"무, 무시하지……."

"칭찬하는 거랍니다. 당신의 그 솔직함과 순수함, 올곧음……
정말 부러워요. 축복받은 환경에서 부모님과 주위의 사랑을 받
고 자랐다는 증거니까요."

눈을 가늘게 뜨고 나긋한 목소리로 아키노 씨가 말했다.

그 표정에서는 진의를 읽을 수 없었다.

단순한 조롱인지, 아니면 정말 나를 부러워하는 것인지.

"믿지 않으실지도 모르지만, 전 당신이나 하루 씨를 싫어하는
게 아닙니다."

"……네?"

"하루 씨는 정말로…… 귀여운 도련님이라고 생각했어요. 그
남자가 이스루기가를 뛰쳐나가는 바보 같은 짓만 하지 않았어
도 더 평범하게, 어디에나 있는 형님과 동서 사이로, 가족으로
함께할 수 있었을 텐데……."

"…………."

"뭐라 한들 이제 와서 말해도 소용은 없는 일이지만요."

"……허무하지 않으세요?"

내가 말했다.

의문이 마음속에서 밀려 나오고 말았다.

하루에게서 들었다.

아키노 씨는—— 지위와 명예를 위해서만 소라 씨에게 접근하
고, 모략으로 구슬려서 이스루기가에 시집을 와 권력을 손에 쥐
었다.

하지만.

사실은 진심으로 소라 씨에게 반해 버린 걸지도 모른다, 라고.

그녀의 진의를 난 알 수 없다.

하지만 한 가지 확실한 건 있다.

그건── 이 사람은 하루를 좋아하지 않는다는 것.

사람으로서, 혹은 동생으로서 호의적인 감정을 품고 있을 수는 있다.

하지만.

남자로서는.

남편으로서는.

사랑하지도 않고, 사랑할 마음도 없다.

"아키노 씨는…… 하루 같은 건 애초에 좋아하지도 않잖아요? 그런데도 단지 권력을 위해서만 결혼을 한다니…… 그런 건 너무 쓸쓸하지 않나요?"

"…………."

"결혼이라는 건 그런 게 아니잖아요?"

말하는 순간 가슴에 극심한 통증이 밀려왔다.

무슨 말을 하는 거지?

위장결혼 같은 걸 하고 있는 내가── 현재진행형으로 결혼이라는 시스템을 모욕하고 있는 내가 타인의 결혼관에 훈수를 두다니.

이 얼마나 주제넘은 짓인가.

쓸쓸한 것도, 허무한 것도.

사실은 아키노 씨가 아닌 내 쪽인데──.

"……후후. 정말 멋지시군요, 리오 씨는."

요염하고 여유 있는 미소를 지은 아키노 씨가 자리에서 몸을 일으켰다.

"안타깝지만 이 나이 정도 되면 삶의 방식을 그렇게 빨리 바꿀 수는 없답니다."

"……아직 그런 말 할 나이도 아니잖아요."

"당신은 모릅니다. 사랑받으며 자란 당신이 제 마음 따위를."

담담한 어조였지만 그 말은 지독하게 차가운 울림을 띠고 있었다.

이해도 동정도 완벽하게 거부하는, 무섭고도 영리한 냉정함.

"……말이 지나쳤군요."

빙긋 미소를 지은 뒤 아키노 씨는 만 엔짜리 지폐를 테이블에 내려놓았다.

"그럼 또 언젠가 뵙지요."

"……자, 잠깐만요. 이거 돈이 너무 많은……."

그녀를 불러 세우려고 하자.

"여자는 삼계(三界)에 집이 없다(한국에서는 같은 의미로 삼종지도(三從之道)라고 한다)."

아키노 씨가 뒤돌아보지도 않고 불쑥 그렇게 말했다.

"삼계란 세상을 뜻하는 말. '여자는 이 세상 어디에도 안식처가 없다'는 의미를 가진 오래된 말입니다. 여자는 자식일 땐 부모를 따르고, 성인이 되면 남의 집에 시집가서 남편을 따르고, 늙으면 장성한 자식을 따른다…… 이 나라에서 예로부터 내려온 인습을 표현한 말이라고 하더군요."

"…………."

"서로, 빨리 머물 집을 찾게 된다면 좋겠군요."

거기까지 말한 아키노 씨는 끝까지 뒤돌아보지 않은 채 그대로 떠났다.

그 말에 담긴 의미는 알 수 없었지만—— 그래도 마음은 조금이나마 전해진 기분이었다.

분명 그녀는—— 집을 찾고 있는 거겠지.

자신이 마음 편히 머물 수 있는 집을, 그리고 가족을.

이 세상의 많은 사람들과 똑같이.

그리고, 나와 똑같이.

제6장 부부 사진

"——어이, 리오. 리오."

"……어?"

"어? 가 아니지. 왜 그래, 멍하니."

"미안, 생각할 게 좀 있어서."

"정신 차려. 오늘은 기껏—— 부부끼리 사진을 찍으러 나온 거니까."

하루가 절레절레 한숨을 쉬며 하늘을 올려다보았다.

우리의 머리 위에는 초여름의 맑고 푸르른 하늘이 펼쳐져 있었다.

식사 모임이 있던 날부터 일주일이 지난 토요일.

나와 하루는 자연공원이 있는 조금 먼 곳까지 나와 있었다.

바비큐와 낚시터, 광장이나 놀이 기구, 세련된 카페가 한곳에 있어 연인이나 가족 단위 사람들에게 인기가 많은 곳이다.

하루가 알바처에서 할인 티켓을 받아온 덕분에 정상가의 반절 가격으로 입장할 수 있었다.

신혼부부답게 휴일엔 둘이서 데이트——는 물론 아니다.

오늘의 목적은 두 사람의 사진을 찍는 것이다.

"저번 회식 때 말야. 아사가 씨가 사진 보여 달라고 했을 때 난처했잖아? 그러니까 더는 의심을 사지 않으려면 어느 정도 준비해 둬야 할 것 같아. 요즘 부부…… 특히 우리 같은 젊은 세대라면 사진이 없는 쪽이 더 이상할 거고."

하루가 그렇게 말하며 제안해 왔다.

확실히 요즘 젊은 커플이나 부부는 수시로 사진을 찍는 것 같았다.

그러니까…… 두 사람의 추억이 담긴 사진 같은 걸.

대학 친구들 중에서도 남자 친구와의 그런 사진을 SNS에 올리는 경우도 많았다.

반면 위장결혼인 우리 사이엔 둘이서 찍은 사진은 거의 없다.

결혼식 관련 사진은 많지만, 정말 딱 그 정도.

……뭐.

고등학교 시절 사귀었을 때 찍었던 사진들은 잘 남아 있지만. 스마트폰 기종이 바뀔 때마다 확실하게 데이터를 옮겨두고 있었다.

"사, 사귀었을 때 사진? 그런 건 당연히 다 지웠지. 너랑 헤어지고 나서 초 단위로 지웠어, 초 단위로!"

물론 그런 말을 할 수는 없었기에 하루에게는 그렇게 말해두었다.

"아아, 그러냐. 그럼 그때 사진은 제로라는 거네. 나도 너랑 찍은 사진은 하나도 안 남아 있어."

그랬더니 저런 대답을 받았다.

나와 달리 하루는 사진을 지워버린 것 같다. ……흥. 딱히 충격받은 건 아니거든. 충격 같은 건…… 으윽.

아무튼 그렇게 돼서.

특별히 반대할 이유도 없었기에 나는 하루의 제안에 응했다.

오늘 하루 자연공원에서 부부의 사진을 찍을 예정이다.

누군가에게 보여줬을 때 '부부가 사이좋네~'라고 여겨질 만한 사진을.

일단 지금은 공원 내 광장에서 사진을 찍——으려던 참이었는데.

그만 내가 딴 생각을 해 버리고 만 것이다.

하루가 이곳 티켓을 '알바하는 데서 받아왔어'라고 말했기 때문이리라.

알바처에 있을 그녀를, 카노 치유리 씨를 떠올려 버렸다.

지난 일주일 동안 머릿속에서 고민하고 있던 것을 다시 떠올리고 말았다.

"아…… 근데 혹시 상태가 안 좋은 거면 바로 말해."

"괘, 괜찮아, 괜찮아. 잠깐 멍 때린 것뿐이야."

걱정하는 하루에게 황급히 손을 흔들었다.

정신 차리자.

일단 카노 씨는 잊고 평소대로 행동하는 거야.

모처럼 멀리까지 나왔으니까 목적은 확실하게 달성해야지.

"하루 너야말로 제대로 해. 예쁘게 안 찍어주면 용서 안 할 거니까."

"예이예이."

일단 광장 분수 앞에서 사진을 몇 장 찍었다.

갑자기 투샷을 찍는 건 난이도가 높았기에 우선은 하루에게 날 찍어달라고 했다. 부부라고 해서 꼭 투샷만 있는 건 아닐 테니 이런 단독 사진도 필요하겠지.

하지만 그 성과는 만족스럽지 못했다.

"……하루."

"뭐, 뭐야."

"너…… 사진 진짜 못 찍는구나."

찍어준 몇 장의 사진을 보고 나는 일부러 커다랗게 탄식을 내뱉었다.

기껏 둘이서 부부다운 이벤트를 하고 있으니까 다소 이상하게 나와도 좋게 받아 주려고 했는데…… 역시 안 되겠어.

상상을 초월한 저퀄리티였다.

"정말, 이게 뭐야……. 어떻게 이렇게 못 찍을 수가 있어."

"마, 말이 많네……."

"이건 심하게 떨렸고……. 이쪽은 손이 다 잘렸고……. 이쪽은 찍는 방식 때문에 스타일이 구려 보이고……. 이건 뭐야! 내가 눈을 반만 뜨고 있잖아……! 정말 최악이야. 이런 아름다운 피사체를 어쩌면 이렇게까지 못나게 찍을 수 있는 걸까!"

"……자기 입으로 아름다운 피사체라고 하지 마."

한숨을 내쉬는 하루.

"어쩔 수 없잖아. 사진 같은 건 거의 안 찍어봤어."

"뭘 위해 최신 스마트폰을 갖고 다니는 건데."

"사진을 위해 최신 기종을 쓰는 게 아니야."

어? 그런 거야?

스마트폰은 사진 기능이 전부 아닌가?

얼마나 SNS에 먹힐 사진을 찍을 수 있는지가 스마트폰의 관건이잖아?

"애초에 넌 기술 이전에 배려가 없어. 매번 '찍는다~'라는 식의 기운 빠진 구호로는 이쪽도 마음이 안 내킨다고."

"안 내킨다니…… 그럼 나보고 어쩌라고."

"그러니까 좀 더 이렇게…… 이쪽의 기분을 띄워줘야지. '좋네' '귀여워' '좀 더 이런 포즈를 해볼까?' 같은 거."

"아이돌 화보 찍냐……."

"누가 아이돌 화보에 어울리는 몸이라는 거야!"

"그런 말 한마디도 안 했거든!"

"하아…… 그보다 너 이거 일반 카메라로 찍는 거지? 진짜 말도 안 돼. 제대로 어플 써서 찍어줘."

"아니, 나 그런 거 잘 모른다고."

"……이제 됐어. 내 스마트폰으로 찍을 거야."

나는 스마트폰을 꺼내 늘 쓰던 카메라 앱을 실행했다.

"이제 내가 찍을 테니까 하루가 저기 서봐."

"아니, 난 됐어. 혼자 찍어도 이상하잖아."

"뭐? 어째서. 난 혼자 찍었잖아."

"넌 혼자서도 그림이 되잖아. 근데 내가 혼자 찍으면……."

"어?"

"……아니, 아니, 아니야! 커플이나 부부 사이에서 여자 사진을 남자가 찍어줄 순 있지만 반대는 좀 이상하다는 의미였어! 네가 어떻다는 이야기가 아니야!"

"아, 알고 있어!"

아, 깜짝이야.

갑자기 칭찬하는 줄 알았네.

"그럼 다시 나 찍을래? 스마트폰 빌려줄 순 있는데 멋대로 만지지 말고……."

"아니……."

하루가 말했다.

고개를 돌리고 조금 쑥스럽다는 듯이.

"이제 둘이 찍자."

"……어?"

"오늘은 그걸 위해 온 거니까."

"아…… 그, 그래. 그렇지…… 응."

둘이서 찍는다.

그걸 의식하는 순간 단번에 얼굴로 열이 올랐다.

급격하게 긴장해 버린 나한테 하루가 천천히 거리를 좁혀왔다. 태연한 얼굴을 하고 있지만 얼굴은 조금 붉었다.

"일단 분수 배경이면 될까?"

"응…… 저기, 스마트폰 빌려줄 테니까 찍는 건 하루가 해줄래? 셀카는 손이 길어야 잘 나오거든."

"알았어."

카메라 앱을 기동시킨 채 하루에게 스마트폰을 빌려주었다.

하루가 손을 뻗어 전면 카메라로 우리 둘을 잡았다.

화면 안에 잘 잡히기 위해── 자연스럽게 우리는 가까이 붙었다.

"……리오, 조금 더 이쪽으로 와야겠는데."

"아, 알고 있어."

으으.

부, 부끄러워……!

이렇게 가깝게 붙어 있다니. 동거 생활이 시작되고 나서 더 가깝게 있던 적도 많았지만…… 오늘은 집안이 아니라 바깥.

주변에 사람이 많은 곳에서 이렇게나 하루와 가까이 있다.

그 사실이 공연히 부끄러웠다.

"이거…… 어깨에 손 같은 거 올리는 편이 좋을까?"

"뭣."

"아니, 그러니까…… 신혼부부 같은 사진을 만들려면 그런 것도 생각해야 할 것 같아서."

"……흐, 흥. 그런 소리 하면서 사실은 합법적으로 나랑 붙어 있고 싶어서 그런 거 아니야?"

"아니야. 그렇게 싫다면 안 해."

"노, 농담이야. 뭐…… 해 두는 편이 좋지 않을까? 이왕 찍는 거 제대로 하지 않으면 의미 없잖아."

그러자 하루가 천천히 내 어깨를 안았다. 남자의 커다란 손으로 부드럽게, 하지만 단단한 힘으로 꽉 끌어안듯이 잡아 온다.

우와, 와아아······.

어쩌지. 뭔가, 엄청 심장이 쿵쾅거리는데······.

"찍는다."

"응······."

"······어, 어라?"

"잠깐, 뭐 하는 거야. 그쪽이 아니라 이쪽······."

카메라 앱에 익숙하지 않은 탓인지 마지막 순간에 주춤거리는 하루.

그 탓에······ 우리는 계속 한참이나 밀착한 채.

"정말······ 빨리 좀 해."

"미, 미안."

"이런 모습 누군가한테 보이기라도 하면 어떡해······?"

"······딱히 상관없잖아. 다들 우리랑 비슷해 보이고."

"그렇긴 하지만······."

휴일의 자연공원은 가족과 연인들도 많다. 사진을 찍고 있는 사람도 많이 있었다. 우리가 셀카를 찍는다고 신경 쓰는 사람은 없겠지.

만일 아는 사람과 만나기라도 한다면 상당히 부끄럽겠지만······ 뭐, 한번 창피당하고 끝나면 그만이다.

신혼부부가 데이트하네, 정도로 생각할 거다.

세간에서 보면 우리는 정식 부부였고, 부부가 휴일에 둘이서 사진을 찍는다 한들 아무런 문제가 없었다. 기껏해야 약간의 질투나 놀림을 받는 정도겠지.

이 정도는 부부로서 보통인 것이다.

그러니까 괜찮아.

그렇게 생각하고 있었다.

그래서── 생각지도 못했다.

설마 우리들의 진실을 알고 있는 몇 안 되는 인물과 이런 휴일에 우연히 마주칠 거라고는──.

"──앗. 하루 씨, 리오 씨."

하루가 겨우겨우 셔터 버튼을 누르려던 순간에 누군가 말을 걸어왔다.

시선을 돌리자 그곳에 있는 것은── 카노 치유리 씨였다.

"카노 씨……."

"우연이네요."

밝은 표정으로 말을 걸어오다가 우리의 모습을 보고 난처한 듯 웃는다.

"두 분은…… 저기, 데이트를 만끽 중이셨나 보네요."

"어…… 앗."

시선의 의도를 눈치챈 우리를 허둥지둥 튕기듯 거리를 벌렸다.

"아, 아니야, 카노 씨! 이건 그러니까, 좋아서 붙어 있던 게 아니고…… 어쩔 수 없이 사진을 찍고 있었던 것뿐이고."

"맞아, 맞아. 저기, 왜…… 이런 사진도 나중에 필요하지 않을까 싶어서."

바깥이라 대놓고 위장결혼에 대해 언급할 수는 없었지만, 그럼에도 기를 쓰고 변명하는 우리.

"아하하. 그렇게 애써 변명하지 않아도 알아요. 지난번 식사 때 사진이 없는 바람에 분위기가 이상했잖아요."

카노 씨가 쓰게 웃었다.

상당히 이해가 빠른 사람 같았다.

"힘들겠어요, 두 분도."

이해한다는 듯한 말투에 뭐라 형용할 수 없는 기분이 들었다.

"카노 씨는…… 혼자야?"

"네. 혼자 외롭게 놀러 왔어요."

하루의 물음에 밝은 목소리로 자학적인 대답을 한다.

"알바하는 곳에서 할인권을 받아서 그냥 와 본 거예요. 오늘 은 딱히 할 일도 없었고."

그러고 보니 하루도 아르바이트하는 곳에서 받았다고 했었다.

그렇구나.

우연이라면 우연이지만, 나름대로 있을 법한 우연이었다.

"그래서 좋은 사진은 찍으셨나요?"

"아니, 아직 전혀."

어깨를 으쓱해 보이는 하루.

"내가 사진 찍는 거에 익숙하지 않아서 시간을 엄청 잡아먹었 거든."

"아, 하루 씨 못할 것 같긴 해요."

"……상관 마."

"평범하게 일반 카메라로 여자를 찍을 것 같아요."

"……그, 그런 전형적인 실수는 하지 않아."

실패한 부분을 간파당해 당황하는 하루였다.

"괜찮다면 제가 좀 도와드릴까요?"

카노 씨는 키득키득 웃더니 말을 이었다.

도와줘?

카노 씨가?

"두 사람 사진을 찍으려면 셀카도 좋지만 남이 찍어준 사진도 있어야 할 것 같아서요."

"……우리한테는 감사한 제안이지만 카노 씨한테 그렇게까지 시키는 건……."

"정말 괜찮아요. 저 정말 오늘은 한가하거든요. 여기도 그냥 온 거지 딱히 하고 싶은 건 없었어요."

"그럼…… 부탁할까. 괜찮지, 리오?"

하루가 말을 걸었지만 나는 순간 말문이 막히고 말았다.

"……응. 고마워, 카노 씨."

내가 말했다.

거절할 이유가 없어.

오히려 감사해야 하는 상황이다.

우리의 비밀을 알면서도 협박하지도 타이르지도 않고, 오히려 우리의 비밀을 지키는 데 협조해 준다.

감사하기 이를 데 없는 일이다.

이런 휴일까지 같이 어울려 주다니 아무리 감사해도 부족할 정도야.

그런데도── 왜 그럴까.

왜 이렇게 가슴이 술렁거리지?

카노 씨가 참여한 이후 사진 촬영은 놀라울 정도로 순조롭게 진행되었다.

요즘 여대생답게 당연히 스마트폰으로 사진 찍는 법은 잘 알고 있었고, 오히려 나보다도 더 잘 찍어주었다.

분수 앞, 광장, 꽃밭 앞, 놀이 기구.

그리고 둘이서 함께 소프트아이스크림을 먹는 장면 등등.

그녀가 사진사가 되어준 덕분에 다양한 상황의 사진을 찍을 수 있었다. 물론 제삼자가 찍어준 사진만 있어도 역으로 수상할 것 같았기에 둘이서 셀카를 찍는 느낌의 사진도 잊지 않았다.

카노 씨는 정말로 좋은 아이라고 생각한다.

밝고 사교적이고, 그럼에도 예의 바르고 품위 있고.

셋이 있는 시간이 굉장히 즐거웠다.

처음의 느꼈던 가슴의 술렁거림도 잊어버릴 정도로——.

"오늘은 고마웠어, 카노 씨."

괜찮은 장소를 대강 돌고 난 후.

카노 씨와 둘이서 간 여자 화장실 안에서 손을 씻으면서 내가 말했다.

"덕분에 살았어."

"아뇨, 아뇨. 저도 즐거웠어요."

"답례라도 할게. 맞다. 이왕 이렇게 된 거 저녁 같이 먹지 않을래? 답례로 대접할게. 여기 있는 카페, 디너도 평이 좋대."

"아뇨, 아뇨. 그건 너무 죄송해요. 마음만 받을게요."

사양을 반복하는 카노 씨.

응응, 정말 좋은 애야.

"신에게 감사해야겠어. 우연히 카노 씨를 만난 덕분에 좋은 사진을 찍을 수 있었으니까. 만약 카노 씨를 못 만났다면 어떻게 됐을지."

손수건으로 손을 닦으며 거울로 메이크업 상태를 확인했다.

'——우연 아니에요'라고, 한 박자 늦게 카노 씨가 말했다.

아까까지와는 조금 달라진 톤으로.

"저 노리고 있었어요."

"어?"

당황하며 뒤를 돌아보았다.

카노 씨는—— 아까까지 짓고 있던 사근사근한 미소를 지우고 있었다.

진지한 얼굴로, 진지한 눈빛으로 똑바로 나를 직시하고 있다.

"아르바이트하는 곳에서 나눠주던 할인 티켓…… 하루 씨가 받는 걸 봤거든요. 그리고 아사가 씨한테 '이번 주 토요일에 아내랑 간다'라고 말한 것도 들었어요……. 그래서 오늘 여기 온 거예요."

"…………."

"뭐, 시간대까지는 못 들었고 여기 부지도 꽤 넓으니까요. 찾아도 만나지 못할 가능성도 있다고 생각했지만…… 그런 의미에서는 우연이네요."

"어째서……."

그 '어째서'라는 말은 반사적으로 입에서 흘러나왔다.

무엇에 대한 의문인지는 나도 알 수 없다.

경악과 곤혹스러움과 함께 쥐어짜듯 나온 '어째서'라는 말.

그걸 카노 씨가 어떻게 받아들였는지는 모르겠다.

그러나 그녀의 대답은—— 나에게 한층 더 큰 충격을 안겼다.

"저, 하루 씨 좋아해요."

카노 씨가 말했다.

긴장이 밴 목소리로, 그러나 망설임 없이.

흔들림 없는 각오가 느껴지는 목소리로 단언했다.

"아르바이트로 만난 뒤부터 상냥하고 성실한 하루 씨에게 반했고, 쭉 좋아하고 있었어요. 언젠가 사귈 수 있다면 좋겠다고 생각했어요."

무슨.

무슨 소리를 하는 거야, 카노 씨.

무슨.

무슨 소리를 듣고 있는 걸까, 나는.

"그런 와중에 하루 씨에게 갑자기 결혼 통보를 받아서…… 분하고 슬프긴 했지만 그래도 축복해 주려고 했어요. 경사스러운 일이니까, 저도 불륜을 저지르면서까지 빼앗을 생각은 없었으니까요. 게다가 상대는…… 타마키야의 자제라는 말을 듣고."

155

담담하게 카노 씨가 말했다.

"아~ 역시 부자들은 서민들과 사는 세계가 다르구나 싶어서 확실하게 포기했어요. 실제로 만난 리오 씨도 예쁘고 좋은 사람이라서 이런 사람을 상대로는 이길 수 없겠구나 생각했고요."

그런데, 하고 카노 씨가 말을 이었다.

내 눈을 꿰뚫어 보듯이 응시하면서.

"두 사람은—— 위장결혼이었죠."

"……읏."

"진짜가 아니었어요. 형식뿐인 결혼은 했지만 마음은 전혀 이어지지 않았다. 정말 사이가 좋아 보였는데 두 사람 다 '더 이상 아무렇지도 않다'라고 했죠. 이미 완전히 털어버렸다고."

"…………."

"그럼—— 저 포기 안 해도 되는 거잖아요."

힌 걸음.

한 걸음씩 발을 내딛으며 카노 씨가 말했다.

내게 도전장을 던지듯이, 한 걸음.

"저, 역시 하루 씨가 좋아요."

반복한다.

고백의 말을 되풀이한다.

상대의 의도는 알 수 없지만—— 나는 도발처럼 느껴졌다.

내가 아무리 해도 할 수 없는 한마디를 가슴을 펴고 내뱉는 그녀가, 너무나 멋있고 신성하게 느껴져서 공연히 비참한 기분이 들었다.

"좋아해도 괜찮죠? 사귀어도 괜찮죠? 빼앗아도 괜찮죠? 왜냐면 두 분은 위장결혼이니까요."

"…………."

서슬 퍼런 기세에 눌려 나는 나도 모르게 뒷걸음질 쳤다. 하지만 곧 세면대가 엉덩이에 닿아 그 이상 후퇴할 수도 없게 되었다.

반사적으로 손을 모아, 손가락을 감아 둘 사이에 벽을 만들려고 해 버렸다.

"……나, 나는————?!"

그 순간이었다.

위화감을 깨달은 건 그 순간.

왜 이 타이밍이었는지는 알 수 없다.

지금까지도 몇 번이나 눈치챌 수 있는 기회는 있었는데.

분명—— 매달리고 싶었기 때문이겠지.

무의식중에 매달리고, 의지하고 말았다.

카노 씨의 선언에 놀라서 당황과 공포에 사로잡힌 나는 불안감 속에서 마음의 지주를 찾았다. 반사적으로 감은 손가락에서 '그것'을 어루만져서 확인하려고 했다.

우리의 사랑의 형태를.

가짜라도 확실한 형태를 띠고 있는 '그것'을.

그런데.

왼손의 약지를 만져봐도—— 아무것도 없었다.

'그것'이 지금, 있어야 할 장소에 존재하지 않는다.

"——바, 반지가 없어……!"

제7장 반지 일화

✳

셋이서 나눠서 찾아봐도 반지는 발견되지 않았다.

오늘 하루 들렀던 곳을 전부 둘러봤는데도 찾을 수 없었다.

플래티넘으로 된 결혼반지.

하루와 함께 산 부부의 증표.

비록 우리가 가짜 부부였다 하더라도—— 부부 행세를 위해 필요로 샀다 하더라도.

그래도 내게 있어 그 반지는——.

"젠장…… 없네. 대체 어디로 간 거야."

"찾는다고 해도 여기, 엄청 넓으니까요……."

하루와 카노 씨는 땀투성이가 되어 있었다.

둘을 볼 낯이 없어서 나는 얼굴을 숙였다.

미안하고 부끄러워서 얼굴을 쳐다볼 수가 없었다.

"리오…… 그, 그렇게 걱정 말래도. 꼭 찾을 거야. 괜찮아."

얼마나 심한 얼굴을 하고 있었던 건지 하루가 위로의 말을 건넸다.

그 상냥함에 더 마음이 아팠다.

아아, 대체 뭘 하는 거야, 나는.

신혼인데 반지를 잃어버리다니 말도 안 돼.

이런 건 아내 실격이야.

가짜 아내조차 실격——.

"……나 한 번 더 찾아볼게."

좀처럼 가만히 있지 못하던 나는 두 사람의 대답도 기다리지 않고 그 자리에서 달려 나갔다.

하지만 마음만 앞지른 탓에 다리가 헛발질을 했다.

게다가 오늘 신은 신발은 굽이 있는 샌들.

달리는 건 전혀 감안하지 않은 패션.

그렇게 되니 필연적으로—— 콰당, 하고.

우스울 정도로 보기 좋게 벌렁 넘어지고 말았다.

"아야……."

"리오!"

하루가 다급하게 달려왔다.

"뭐 하는 거야, 너……. 으아, 무릎에 피 나잖아……."

통증이 있는 곳은 손이랑 무릎.

특히 심한 건 무릎 쪽. 욱신거리는 통증이 강하게 밀려왔다.

조심스레 살펴보니…… 꽤 상처가 깊었는지 피가 배어 나오고 있었다.

"설 수 있어? 응급처치해 줄 테니까 수도 쪽으로 가자."

"하, 하지만 반지……."

"됐으니까 얼른. 치료가 먼저야."

하루의 부축을 받아 몸을 일으키고 광장의 음수대 쪽으로 걸어갔다.

상처를 꼼꼼히 씻고 근처 벤치에 앉았다.

준비성 좋은 하루가 반창고를 갖고 있었기에 어떻게든 응급 처치는 할 수 있었다.

"자, 됐다. 어때? 계속 아프면 바로 병원으로 가는 게 좋을 것 같은데……."

"괘, 괜찮아. 아마 그냥 쓸린 것뿐이야."

"그런가."

"……미안. 고마워."

"아니, 됐어. 뭔가……기분 이상해. 네가 갑자기 솔직하니까."

"난 항상 솔직해……."

필사적으로 받아쳐 보지만 나도 알 수 있을 만큼 패기 없는 목소리밖에 나오지 않았다.

마음이 점점 가라앉는 것이 느껴졌다.

뭐 하는 거지, 하는 마음이 점점 커진다.

"어쨌든…… 리오는 잠깐 여기서 쉬고 있어."

"아……."

"난 분실물 센터에 좀 다녀올게."

하루가 그렇게 말하자 카노 씨가 납득한 얼굴로 입을 열었다.

"그렇구나. 어쩌면 누군가가 맡겼을지도 모르겠네요."

"그래, 그 가능성을 기대해 보자."

"……하지만 누군가가 주웠다면 그대로 훔쳐 갔을지도 몰라. 결혼반지는 이름이 들어가도 잘 팔린다고 하니까."

"그렇게 나쁜 쪽으로만 생각하지 마."

부정적인 말을 내뱉는 나를 타이르는 하루.

"그럼 잠시 다녀올게. 카노 씨, 리오랑 여기서 기다려 줄 수 있어?"

"어…… 앗, 네."

카노 씨는 아주 잠깐 당황했지만 바로 고개를 끄덕였다.

당황한 이유는 쉽게 알 수 있었다.

나랑 둘만 있는 게 어색하겠지.

그런 선언을 한 뒤에 이렇게 되어버렸으니까.

하루가 사라지고 한동안 침묵이 흐르다가——.

"……미안해."

불쑥, 내가 말했다.

벤치에 앉아 고개를 숙인 채.

"아뇨…… 신경 쓸 필요 없어요. 리오 씨도 일부러 잃어버린 게 아니잖아요. 어쩔 수 없는 일이에요."

"아니, 그게 아니라…… 아, 그것도 미안한 건 맞지만."

말을 고르면서 내가 말했다.

"기껏 카노 씨가 용기 내서 고백해 줬는데…… 이런 타이밍에 반지를 잃어버려서—— 제대로 챙길 경황도 없게 돼서…… 정말 미안해요."

고백.

하루를 좋아한다는 고백.

남의 남편을 빼앗고 싶다는 고백.

그게 얼마나 용기가 필요한 일이었는지는 아까의 카노 씨를 보면 알 수 있었다. 필사적으로 의연한 척하고 있었지만 그래도 목소리나 손이 떨리고 있었다.

두렵고, 불안하고, 그럼에도 용기를 다해 카노 씨는 나와 마주했다.

그랬는데…… 이런 형태로 흐지부지 만들어 버리다니.

"……왜 리오 씨가 사과하는 거예요?"

카노 씨는 어이없다는 듯이, 난처하다는 듯이 웃었다.

"잘못한 건…… 어떻게 생각해도 저예요. 위장이라고는 해도 타인의 남편을 빼앗겠다고 선언했으니까요. 그런 말 하면…… 리오 씨가 곤란해질 거라는 것도 알고 있었는데."

"…………."

"그리고 타이밍이라고 하면 제가 선언했을 때 이미 리오 씨는 반지를 잃어버렸던 거잖아요. 깨닫지 못한 것뿐이지. 오히려 제가 불행에 불행을 얹은 셈이 되어 버려서…… 그러니까 저기, 저야말로 죄송해요."

아아──.

카노 씨는 정말 좋은 아이구나, 라고 생각했다.

나를 진심으로 걱정해 주고, 아까 한 선언에도 자신이 한 말 때문에 상처받았을까 걱정하고 있다.

정말 상냥한 여자아이.

그러니까── 분명 굉장히 고민하고 괴로워했을 거라고 생각했다.

하루를 좋아했던 그녀는 우리들의 위장결혼을 알고 나서 분명 굉장히 많이 고민하고── 그리고 오늘 이 자리에 와서 그런 선

163

언을 한 거겠지.

"……사과하지 마. 카노 씨는 잘못 없어."

내가 말했다.

"잘못 없어. 아무 잘못 없어. 반지는 내가 멋대로 어딘가에 떨어뜨린 것뿐이고. 게다가 하루를 좋아하는 것도…… 전혀 잘못하지 않았어. 우리는 그저 위장결혼일 뿐이니까. 그러니 남편을 좋아한다고 해도…… 내가 나무랄 자격은 없어."

"리오 씨……."

그 뒤로 대화가 끊겨버렸다.

안타까운 침묵이 우리 사이에 내려앉았다.

멀리서 걷고 있는 가족 단위 사람들의 대화가 유난히 귀에 울려 퍼졌다.

"……역시 소중한가 보네요. 결혼반지라는 거."

잠시 조용한 시간이 흐르고 카노 씨가 말했다.

"위장결혼을 위한 결혼반지라도 소중한가요?"

"……응."

나는 고개를 끄덕였다.

평소의 나라면 어떤 식으로 대답했을까?

'그, 그런 반지 딱히 상관은 없어. 부부 연기를 위해 끼고 있는 것뿐이야. 아~ 잃어버리면 귀찮은데. 또 사러 가야하잖아.'

그렇게.

이런 식으로 마음에도 없는 말을 섞어가며 적당한 거짓말로 얼버무렸을 것이다.

큰소리치고, 잘난 척하고, 허세 부리고, 고집부리고.

진짜 내 모습에 뚜껑을 덮어버리고 가면을 쓸 수 있었겠지.

하지만── 지금은 무리였다.

죄책감과 상실감에 온몸에 힘이 쭉 빠졌다.

새어 나오는 자신을 억제할 수가 없었다.

"소중해…… 정말 정말 소중해. 왜냐면."

나는 말을 이었다.

양손을 꽉 맞잡은 채로.

"하루와의 결혼반지니까."

하루와 함께 산, 약속이 담긴 결혼반지니까.

나는 그렇게 말했다.

잡은 손을 꼭 붙잡자 약지의 공백이 더욱 선명해지며── 내
뇌는 자연스레 과거의 기억을 끄집어 냈다.

수개월 전.

아직 결혼식을 올리기 전의 일.

하루에게 위장결혼 이야기를 듣고 들떠 있었을 무렵.

결혼반지를 산 것은 그때의 일이었다.

제8장 반지 비화

✽

수개월 전——.

위장결혼 이야기가 나온 뒤 상견례를 마치고 내가 결혼식 준비와 신부 수업에 쫓기고 있을 무렵.

그럴 때—— 아무 예고도 없이 하루에게서 전화가 왔다.

『이번 주 일요일 시간 돼?』

그리고 다짜고짜 무뚝뚝한 어조로 그런 말을 해왔다.

"일요일? 비어 있는데."

갑작스러운 전화에 놀라서 당황하긴 했지만, 그런 감정은 추호도 내비치지 않은 채 평이한 어조로 답했다.

따 지금의 히루 같은 밀두었을지도 모르겠다.

『그렇구나.』

"뭐야. 또 모임? 아니면 하루 할아버님 호출이라도 있었어?"

『아니, 그런 건 아닌데.』

"……왜 자꾸 말을 돌려. 빨리 용건을 말해."

내가 재촉하자 하루는 잠시 간격을 두고 나서.

『둘이서 어디 좀 나가지 않을래?』

무뚝뚝하지만 어딘가 긴장감이 배어나는 목소리로 말했다.

"어디? 어디가 어딘데."

『딱히 어디든 상관은 없는데…….』

"흐음?"

『……차, 착각하지 마. 별로 깊은 뜻은 없어. 그냥…… 우, 우리들 이제 부부인 척해야 하니까 일상생활부터 신경을 써야 할 것 같아서……. 결혼식을 앞둔 커플이라면 휴일엔…… 둘이서 같이 행동하는 게 자연스럽지 않을까 하고…….』

혼자 멋대로 변명 같은 걸 시작한다.

무슨 일일까?

왜 이렇게 당황하는 거지?

휴일에 둘이서 나갈 정도로—— 음?

어? 잠깐?

나간다고? 단둘이서?

게다가 목적지는 '어디든 상관없는 어딘가'라니.

그건 즉——.

『……아, 아무튼 일요일에 보자. 시간이랑 장소는 나중에 알려줄 테니까.』

일방적으로 전화가 끊겼다.

나는 잠시 스마트폰을 귀에 댄 채 멍하니 있었다.

머지않아 감정이 와글와글 솟구치며 마음이 현실을 뒤늦게 따라잡았다.

설마.

어쩌면.

아니, 근데 역시 아무리 생각해도——.

"나 데, 데이트 신청 받은 거야……?!"

한참이 지나서야 나는 그 사실을 깨달았다.

하루와 둘이서 외출하다니 몇 년 만이지.

사귈 때는 어떻게든 시간을 맞춰서 방과 후에 함께 쇼핑을 가기도 했지만—— 헤어진 뒤로는 전화조차 하지 않은 절연 상태였다.

이번에는 일단 데이트, 라는 거겠지?

물론—— 진짜 데이트는 아니다.

앞으로 우리는 위장결혼을 해서 가면 부부가 되는 거야.

부모님도 포함해서 세상의 모든 사람들을 속여야 했다.

그러기 위해서는 평소 러브러브한 분위기를 어필해 둘 필요가 있다는 거다. 결혼을 앞둔 예비부부가 휴일에 데이트 한번 하지 않는다면 그건 그거대로 부자연스러울 테니까.

그래서 이번 데이트는 서로의 주위에 '우리는 잘 만나고 있어요'라는 어필을 위한 것.

알고 있어.

그 정도는 안다.

그런데도—— 한편으로 기뻐서 어쩔 줄 몰라 하는 자신이 있다.

아아…… 부끄러워. 왜 기분이 좋아지는 거야, 나는? 하루와 간만에 데이트한다고 들뜨면 안 되잖아.

정신 차려야지.

만약…… 들키면 큰일이잖아.

내가 아직 미련이 가득하다는 걸——.

"⋯⋯⋯."

일요일

약속 장소는 역 앞 광장의 시계 근처.

약속 시간은 오후 2시.

지금 시간은—— 오후 1시 반.

무심코 30분이나 일찍 도착하고 말았다.

이대로 아무 생각도 없이 약속 장소에서 기다리는 그런 어리석은 짓은 하지 않는다.

'흐음. 이렇게나 빨리 오다니. 뭔가 기합이 들어가 있네. 그렇게나 나랑 하는 데이트를 기대했어?'

그런 식으로 나중에 온 하루에게 우위를 잡힐 위험이 있었다.

그래서 나는—— 바로 약속 장소로 향하지 않고 역 근처에 있는 빌딩 그늘에 몸을 숨겼다.

여기라면 광장이 아주 잘 보인다.

후후후, 완벽하군.

여기에서 확실하게 감시하다가 하루가 온 타이밍에 맞춰 나가기만 하면 돼.

절대로 하루보다 먼저 가지 않을 거야.

"어머, 꽤 빨리 왔잖아? 뭔가 기합이 들어가 있네. 그렇게나 나랑 하는 데이트를 기대했어?"

만약 하루가 일찍 와서 기다리면 의기양양한 얼굴로 말해줄 대사까지 준비해 뒀으니까.

"후후후. 자, 빨리 와라, 하루. 빨리, 빨⋯⋯."

"······너 여기서 뭐 하냐?"

"히야악?!"

등 뒤에서 들려온 목소리에 얼빠진 소리를 내지르고 말았다.

경악스러운 얼굴로 뒤돌아보니 그곳에 서 있는 것은 하루였다.

어째서?

어째서 하루가 여기에?!

"이런 곳에 숨어서 대체 뭘 하는 거야?"

"수, 숨다니! 어, 어라? 약속 장소가 여기 아니었나? 역 광장에서 살짝 비껴간 빌딩 그늘 쪽이라고 들은 것 같은데······."

"누가 그런 데서 만나냐."

"그럼 서로의 인식 차이로 생긴 일이네. 어쩔 수 없는 일이야. 막을 수 없는 실수였어. 완벽한 인간이란 이 세상에 없으니까."

"괜히 거창하게 얼버무리긴······."

"시, 시끄럽네! 애초에 너야말로 약속 장소에 가지 않고 왜 이런 곳에 와 있는 거야? 앗, 혹시 여기서 광장을 보면서 내가 오는 걸 감시할 셈이었어?"

말하고 나서 아차 싶었다.

망했다.

필사적으로 얼버무리려고 한 나머지 무심코 자신의 작전을 드러내고 말았다.

어쩌지, 하며 초조해하는 나였지만.

"무, 뭐어?! 그, 그럴 리가 없잖아!"

오히려 하루 쪽이 더 초조해 보였다.

마치 정곡을 찔린 것처럼.

"나는…… 그거야, 그거. 잠깐 길을 잃은 것뿐이야."

"흐, 흐음. 그래? 우연이네. 나도 마침 길을 헤맸는데."

"뭐, 있을 수 있지. 그런 일도."

"응. 있지, 있어."

고개를 끄덕이는 우리였다.

설마…… 하루도 나와 같은 걸 하려고 했나?

아니, 그럴 리가 없지.

"어……, 그럼 가볼까."

"아, 으응. 그러자."

하루가 걷기 시작했고 난 그 뒤를 따라갔다.

손을 잡자고 말해주지 않은 게, 조금 섭섭했다.

처음으로 향한 곳은 영화관이었다.

역에서 조금 걸어가면 나오는 건물로 들어가 영화관이 있는 층까지 엘리베이터를 타고 올라갔다.

"와, 이런 데 오는 거 완전 오랜만이야."

매표소에 기념품 가게, 팝콘 등을 파는 매점.

어쩐지 살짝 기분이 업되는 느낌이었다. 요즘엔 영화는 거의 스트리밍 서비스로만 봤는데 역시 영화관의 느낌도 좋았다.

"리오, 보고 싶은 거 있어?"

플로어에 진열된 포스터 앞에서 하루가 물었다.

"으음, 뭐가 좋을까~. ……앗. 이거 볼래!"

나는 지금 한창 화제인 로맨스 영화를 가리켰다.

스트리밍 서비스나 SNS에서도 광고가 자주 나오며 여러모로 인기몰이 중인 영화. 커플끼리 보기 좋은 영화라는 것 같았다.

……아니 별로 깊은 의미는 없지만!

우연히 눈에 띄었을 뿐! 정말 그것뿐이야!

"이거 말인가……."

"괜찮지?"

"……잠깐 기다려. 이거 시간이 좀 애매해."

하루가 스마트폰을 바라보며 말했다.

상영시간을 알아보는 것 같았다.

"5분 전에 영화가 시작했으니까 다음 상영은 두 시간 후야."

"흐음. 상관없지 않아? 다른 거라도 하면서 시간 때우다가 보면 되지."

"……아니, 안 돼."

조금 고민하던 하루는 단호하게 말했다.

"시간 낭비니까 다른 거 보자. 난 이게 더 좋아."

하루가 가리킨 건 청춘 SF 애니메이션 영화였다.

"이쪽은 시간도 딱 맞아. 10분 뒤에 시작이야."

"에이, 어째서? 시간 같은 건 상관없잖아."

"안 돼. 난 이걸 보고 싶어."

"……아, 그러셔. 그렇게까지 말한다면 그걸로 봐."

청춘 SF 애니메이션 영화도 이래저래 화제가 되고 있는 인기작이라 평범하게 보고 싶은 작품이긴 했다.

근데 조금 신경이 쓰였다.

내 의견을 무시하고 고집을 부리는 하루가, 어떤지 그답지 않다는 생각이 들었다.

"와아~ 재미있었어~. 마지막에 뭐가 어떻게 된 건지는 전혀 모르겠지만 어쩐지 눈물 나더라. 완전 감동했어."

"……그거, 정말 재미있는 거 맞아?"

"시, 시끄럽네! 상관없어. 분위기로 대충 즐길 수만 있으면!"

화제의 SF 애니메이션은 내게는 조금 어려웠다.

적당히 영화에 대한 감상을 떠들면서 우리는 빌딩을 나왔다.

"이제 뭐 할까? 아직 저녁 먹기엔 좀 이른데."

"그러게."

"별 예정 없으면 역 빌딩에 가지 않을래? 나 옷도 좀 보고 싶으니까 같이 가줘."

"역…… 아니, 그쪽은 안 돼."

"왜?"

"아. 그게 아니라…… 시, 싫다고. 네 쇼핑에 어울리는 거."

"뭐? 어째서. 쇼핑 정도는 괜찮잖아."

"좀 봐주라. 어차피 길어질 거잖아?"

"……읏."

"게임 센터라도 가자. 마침 하고 싶었던 게임이 있거든."

내 의견도 듣지 않은 채 하루는 걷기 시작했고 나는 말없이 그 뒤를 따랐다.

뭐야 대체.

정말 이상해, 오늘의 하루는.

이렇게 고집부리고 멋대로 구는 녀석이었나?

하루답지 않아.

전혀 하루답지 않아.

더 상냥하고, 배려심 가득하고, 항상 나를 생각해 주는——.

"…………."

문득 깨달았다. 깨달아 버렸다.

아아, 그래. 그렇구나.

하루답지 않다니, 당연한 거잖아.

왜냐하면—— 내가 바라는 '하루'라는 건 우리가 사귀었던 시절의 '하루'일 테니까.

사귀었을 때의 하루는 무척이나 상냥했다.

하지만.

지금의 우리는 그저 타인.

위장결혼을 하는 관계지만 서로 좋아하는 것도 뭣도 아니다.

그렇다면—— 하루의 대응이 바뀌는 것도 당연하다.

연인도 아닌 여자에게, 좋아하지도 않는 여자에게 상냥하게 대해줄 필요는 없다. 그 고집을 들어줄 이유는 없는 것이다.

아아——.

마음 한쪽으로는 기대하고 있었던 걸까.

하루에게 위장결혼 이야기를 전해 듣고 이것저것 준비를 진행하면서…… 그러는 사이 다시 옛날의 관계로 돌아갈 수 있을지도 몰라, 같은.

그런 부질없는 기대를 무의식적으로 품고 있었던 거겠지.

바보 같아.

하루는 이제 나를 좋아하지도 않는데.

하루는 이미 변해 버렸는데.

"오."

게임 센터를 향해 걷던 도중 하루가 발길을 멈췄다.

그 시선 끝에는── 흰색 건물의 주얼리 매장이 있었다.

유명 브랜드로 그중에서도 웨딩 계열 보석 장식을 메인으로
하는 곳.

"……마침 잘됐네."

하루가 말했다.

"결혼반지 사 가자."

처음에는 무슨 말을 들었는지 몰랐다.

"……어?"

"반지 말이야. 앞으로 필요하잖아."

못 들은 건 아니었다.

다만── 의미를 알 수 없었다.

결혼반지를 산다.

그런 중요한 일을, 저렇게 지나가는 투로 말해 와서 머리가 따
라잡질 못했다.

"좋은 기회니까 지금 사러 가자."

"자, 잠깐. 잠깐만."

호흡을 가다듬으며 나는 간신히 입을 열었다.

"지, 지금? 결혼반지, 말하는 거지? 그걸 이렇게 갑자기……."

결혼반지.

그건 부부에게 있어 둘도 없는 물건일 터.

이 세상에 딱 두 사람만 가진, 영원한 사랑을 맹세하는 증표.

아마도 세상의 많은 여성들이 꿈꾸고 있을 궁극의 사랑의 형태.

나도 예외는 아니다.

어디에나 있는 평범한 여자처럼 결혼이나 결혼반지에 대해서는 꿈이나 동경을 갖고 있었고—— 게다가.

어린 시절 하루와 나눈 약속도 있었다.

난 계속 기억하고 있다.

분명 하루도 기억해 주고 있을 기라 생각했다.

하지만——.

"아무래도 상관없잖아."

하루가 말했다.

냉담한 목소리로.

"어차피 위장결혼이니까 반지를 언제까지 쓸지도 모르고."

"…………."

마음이—— 얼어붙는 느낌이었다.

눈앞이 캄캄해지고 호흡마저 괴로워진다.

어쩐지, 단숨에 현실에 내동댕이쳐진 기분이었다.

2년 만에 하루의 연락을 받고, 비록 위장이지만 결혼할 수 있다는 사실에 둥둥 떠 있던 마음이 단번에 식어버렸다.

아아, 정말 바보인가 봐.

뭘 혼자 그렇게 신나했던 걸까.

하루에게 있어 난 오래전에 끝난 여자다.

위장결혼은 단지 의리와 동정으로 내 본가를 살리기 위해서 한 것뿐.

그렇다는 걸 뻔히 알고 있었으면서.

꼴사나워.

스스로가 꼴사나웠다.

어렸을 때 한 약속을 지금도 보물처럼 소중히 간직하다니──.

──그럼 내가 리오 누나한테 선물할게.

──결혼할 때 플래티넘 반지를 줄게.

──커서 할부지 회사에 들어가서 돈 많이 벌면 리오 누나한테 금메달보다 더 굉장한 반지를 사 줄 거야!

그런 건 그저 애들 약속일 뿐인데.

이제 나도 어엿한 어른이고, 사귀고 이미 헤어졌는데…… 이런 상황이 되어서도 옛날의 약속을 질질 끌고 있는 게 더 이상해.

하루도 이런 약속 분명히 잊어버렸겠지.

"……그래."

나는 말했다.

스스로도 놀랄 정도로 서늘한 목소리로.

"빨리 끝내 버리자. 반지 같은 건 아무거나 상관없어."

둘이서 주얼리 매장으로 향했다.

필사적으로 다리를 움직였다.

방심하면 곧바로 주저앉을 것 같았다.

어떡해.

울 것 같아.

아아, 완전 최악.

돌아가고 싶어. 사라지고 싶어. 없어지고 싶어——.

"——어서 오세요."

다리를 질질 끌며 주얼리 매장으로 들어서자 여성 점원이 다가와 살가운 미소를 지었다.

"이스루기 님, 기다리고 있었습니다."

그녀는 하루이 얼굴을 보자 더욱 밝아진 얼굴로 말을 이었다.

나는 어안이 벙벙했다.

어라?

기다리고 있었습니다?

이상한 상황에 옆을 보니—— 하루는 눈에 띄게 어색한 모습으로 경직되어 있었다.

"어…… 저, 저기."

"오늘은 사모님도 함께 오셨네요. 아, 아직 혼인 신고 전이신가요? 그럼 미래의 사모님이라고 해야겠네요."

"아니, 저기."

"예약 시간보다 조금 이른 것 같지만…… 잠시만 기다려 주세요. 개인실이 비어 있는지 확인해 보겠습니다."

"…………."

점원은 순식간에 사라져 버렸다.

그리고 하루는…… 이마에 손을 얹은 채 고개를 숙이고 있었다. 손 틈으로 보이는 얼굴이 거짓말처럼 붉었다.

그 후 우리는 가게 안쪽의 룸으로 안내받았다.

의자에 앉아 결혼반지 구입에 관한 여러 설명을 들었다. 사전에 어느 정도 이야기가 끝났는지 꽤 매끄러운 진행이었다.

점원이 한 번 자리를 비운 사이——.

"……하아—."

하루가 깊은 한숨을 내쉬며 테이블에 그대로 엎드렸다.

아직도 충격에서 헤어 나오지 못한 것 같았다.

"……저기, 하루."

내가 말했다.

"여기 예약했었어?"

"…………."

"아니, 온 적 있어? 점원이 하루를 아는 것 같던데."

"……아아, 맞아."

하루는 약간 화가 난…… 아니, 그보다는 자포자기한 기색으로 말했다.

"……젠장. 웃기지 말라고. 전에 와서 예약했을 때 내가 분명히 말했잖아. '여기 왔다는 건 비밀로 해 주세요. 다음에 올 땐 처음 온 것처럼 응대해 주세요'라고. 완전히 잊고 있잖아……!"

상당히 이상한 주문을 한 것 같다.

그런 수수께끼 같은 주문, 까먹어도 불평하기 힘들지 않을까.

"저기, 그러니까."

머리를 굴리며 상황을 정리했다.

"예약을 했다는 건 네가 오늘 처음부터 여기 올 생각이었다는 거네. 나랑 같이. 그런데도…… 나한테는 알려주지도 않고 억지로 끌고 온 거고."

"…………."

"이 가게에 들어올 때도 마침 우연히 발견한 것처럼 연출했지만, 사실은 전부 예정되어 있었다는 거지."

"…………."

"앗, 혹시 영화관에서 자기가 보고 싶은 영화 강요한 것도, 내가 보고 싶은 영화는 예약 시간에 맞출 수 없어서 그랬던 거야? 그럼 영화 보고 나서 역 빌딩이 아니라 게임 센터에 가려고 한 것도 이 가게가 있는 쪽으로 걸어오기 위해서?"

"……하나하나 설명하지 마, 바보야."

하루가 두 손으로 얼굴을 감싸며 힘없는 목소리로 말했다.

얼굴은 가려져 있지만, 귀는 새빨간 채였다.

수치심으로 괴로워 보여.

"왜 그렇게 번거로운 짓을 한 거야? 반지를 살 계획이었다면 처음부터 그렇게 말하면 되잖아."

"……말할 수 있겠냐."

다소 씁쓸한 어조로 하루가 말했다.

"필사적으로 조사하고, 여기저기 둘러보고, 제일 좋은 가게를 예약하고……. 그렇게 애쓰는 모습 보이는 거…… 뭔가 쪽팔리잖아."

놀랐다.

아무래도 하루는 내가 모르는 곳에서 꽤 진지하게 결혼반지에 대해 생각해 준 것 같았다. 혼자서 예비조사까지 끝내고── 그러면서 그 사실은 어떻게든 숨기려고 했다.

그 마음은…… 조금이나마 이해할 수 있었다.

왜냐하면 우리는 위장결혼이니까.

위장결혼인데 뭔가를 진심으로 한다는 건…… 어쩐지 좀 부끄럽다. 자기 혼자만 열심히 애쓰는 게 아닐까 불안해지는 것이다.

"……뭐, 뭐야. 하여간 정말."

황급히 얼굴을 돌렸다. 위험해. 감정이 뒤죽박죽 섞여버렸어. 어떤 얼굴을 하고 하루를 봐야 할지 모르겠어.

"위장결혼용 반지는 아무래도 상관없는 거 아니었어?"

"……그럴 수는 없잖아."

이쪽을 보지 않은 채 하루가 말했다.

어딘가 진지해진 분위기로, 조금 전과는 정반대의 말을.

"약속했잖아. 금메달보다 더 굉장한 플래티넘 반지를 사 주겠다고."

"하루……."

말로 표현할 수 없는 감정이 복받쳤다.

통제할 수 없는 감정이 가슴 속에 차오르는 기분이었다.

기억하고 있었어.

기억해 주고 있었어.

15년도 전에 나눈 나와의 약속을——.

"……훗. 후후후."

나는 무심코 웃어 버렸다.

"아하하. 정말 바보구나, 하루는. 그런 옛날의 약속을 지켜주려고 열심히 애쓰다니."

"……시끄러워."

"그러면서 괜히 폼 잡으려고 했다가 성대하게 실패해 버리고. 아하하. 아~ 재미있다. 완전 웃겨. 대박. 눈물 나……."

"그만 웃어라……."

하루는 분해 보였지만 나는 계속 웃었다.

그야 어쩔 수 없지.

웃겨서 나온 눈물이라고 해두지 않으면, 기뻐서 울었다는 걸 들켜버릴 테니까.

기뻐서, 안심이 돼서, 눈물이 한꺼번에 흘러내리고 말았다.

아아, 다행이다.

하루는 아무것도 변하지 않았어.

서투르고 허세를 부리고 살짝 덜렁거리고 이상한 곳에서 멋있는 척하면서—— 사실은 성실하고 누구보다 상냥해. 그리고 나를 소중히 대해 준다.

내가 정말 좋아하는 하루의 모습 그대로였다.

"──오래 기다리셨습니다."

점원이 돌아와 다시 설명을 시작했다.

모양이나 소재, 크기, 그리고 안쪽에 새기는 글자 등등…….

이런저런 이야기를 들으며 하루와 함께 이야기하고 하나하나 결정해 나갔다.

그리고── 2주 뒤.

우리는 반지가 완성되었다는 연락을 받았다.

다시 둘이서 만나 함께 주얼리 매장으로 반지를 받으러 갔다.

"……정말 이걸로 괜찮아?"

반지를 받고 돌아가는 길.

기분이 좋아진 내게 하루가 불안한 듯이 물었다.

"뭐가?"

"아니…… 반지 말이야. 더 고급스러운 것도 많았잖아."

우리가 고른 반지는── 솔직히 별로 비싸지는 않았다.

하루는 좀 더 비싼 게 좋다고 말했지만 나는 지금의 반지를 강하게 희망했다.

브랜드 안에서만 보자면 상당히 아래 등급.

그래도 뭐, 대학생들의 쇼핑이라고 생각하면 꽤 비싼 축이었지만.

"사양할 필요 없었는데. 아버지한테 반지 살 돈은 충분히 받았으니까."

"괜찮아. 결혼반지는 매일 끼는 거니까 너무 화려한 걸로 해도 좀 그렇잖아? 심플한 게 제일이야."

"아무리 그래도…… 내 알바비로도 충당할 수 있는 수준이었다고."

"뭐, 어때. 알바비 석 달 치라는 걸로 하면 되지."

농담조로 그렇게 말한다.

하지만…… 그 말은 거의 본심에 가까웠다.

하루가 지금 벌고 있는 수준의 돈으로 사 주는 것이—— 하루가 사 줬다는 걸 강하게 의식할 수 있어서 나에겐 무엇보다 큰 행복이었다.

"제대로 된 플래티넘 반지기도 하고."

"네가 좋다면 됐지만."

"뭐야. 그렇게 신경 쓰이면 내 부탁이나 들어줘."

그리고 우리는 근처에 있는 공원에 들러 벤치에 나란히 앉았다.

나는 주얼리 매장 봉투에서 반지가 든 케이스를 꺼냈다.

"뭘 하려고?"

"반지…… 지금 여기서 끼워줘."

"뭣."

"따, 딱히 못 참아서 그런 건 아니거든! 한시라도 빨리 껴보고 싶다든가 그런 건 아니니까!"

"…………"

"이건 그러니까…… 여, 연습이야, 연습! 몰라? 결혼식에서 신랑이 반지를 끼워줄 때 꽤 시간이 걸리는 사람들이 많다고! 넌 이런 거에 서투르니까 걱정이 돼서 그래. 지금부터 연습해 두는 게 좋지 않아?"

"······아, 그러냐."

작게 한숨을 내쉰 하루가 내게서 케이스를 받아들었다.

안에서 반지를 하나 꺼낸다.

그것은── 나의 반지.

세상에서 하나뿐인 나만의 반지.

하루가 사 준, 금메달보다 더 굉장한 플래티넘 반지.

"그럼····· 손 줘."

"으, 응."

"왜 부끄러워하는데. 네가 먼저 말했잖아."

"부, 부끄러워한 적 없어. 그쪽이야말로 얼굴이 빨간데?"

"아, 안 빨갛거든."

가벼운 말다툼을 하며 하루가 내 왼손을 잡았다.

그리고 반지를 천천히, 신중하게 끼워주었다.

긴장한 탓인지 생각보다 매끄럽게 나아가진 못하고, 그러나 그걸 내게 들키지 않기 위해 상당히 진지하게 의식을 집중하고 있었다.

그런 그의 모습이── 사랑스럽고 사랑스러워서 견딜 수가 없었다.

아아, 안 돼.

못 참겠어.

더는 못 버티겠어.

포기할 수 있을 리가 없어.

역시 나는 하루를──.

"……카노 씨."

내가 말했다.

반지를 샀던 때를 떠올리면서.

그리고 그동안의 모든 일들을 떠올리면서.

가슴 깊은 곳에서 계속 숨기고, 애태우기만 하던 마음을 지금 풀어냈다.

"나, 하루를 좋아해."

말했다.

확실하게 말했다.

거짓 없이, 아무것도 속이지 않은 진짜 내 마음을 입에 담았다.

"계속…… 어렸을 때부터 쭉 하루를 좋아했어. 헤어지고 나서도 한 번도 하루를 잊은 적이 없어. 다 털어냈다는 거…… 거짓말이야. 언제까지고 계속 잊지 못했어."

미련이 가득해, 그 말을 입에 담았다.

이렇게 내 마음을 누군가에게 말한 건 어쩌면 헤어진 뒤 처음일지도 모른다.

위장결혼을 알고 있는 하야시다 앞에서도 계속 부정해 왔다.

절대 인정하려고 하지 않았다.

하지만 지금―― 나는 인정했다.

더는 속이면 안 된다고 생각했다.

카노 씨의 앞에서는.

하루를 좋아한다고 해 준 이 사람 앞에서는——.

"그 녀석 앞에서는 솔직해지지 못해서 고집부리고, 허세 부리고, 어떻게든 주도권이나 잡으려고 하고…… 왜 이렇게 비뚤어진 건지 스스로도 잘 모르겠지만…… 그래도 사실은 정말 좋아해. 평생 함께 있고 싶어."

눈에서는 눈물이 일렁였다.

무슨 눈물인지는 나도 잘 모르겠다.

손을 감자—— 왼손의 공백이 허전했다.

"지금은…… 위장결혼같이 영문 모를 상태가 되었지만…… 언젠가는 이런 형태가 아닌 진짜 부부가 되고 싶어."

정말로, 진정한 부부.

거짓이 아닌 진짜.

"그러니까…… 미안. 카노 씨가 하루를 좋아하면…… 고, 곤란해."

"……."

"곤란할 것…… 같아."

"……픔."

줄곧 진지한 표정을 짓고 있던 카노 씨는 거기서 웃음을 터뜨렸다.

"아하하. 잠깐만요, 리오 씨. 곤란하다니 뭐예요, 정말."

"어…… 그, 그치만."

"거기선 '하루는 내 남편이니까 손대지 마'라고 하면 되지 않아요?"

"그, 그런 말을 어떻게 해……. 난 하루를 좋아하지만 그쪽이 날 어떻게 생각하는지는 잘 모르겠고……. 지금의 난 아직 위장 결혼한 아내니까 카노 씨에게 뭐라고 말할 자격도 없고……. 그래도 카노 씨를 응원할 수는 없고…… 그러니까."

"그러니까 '곤란'한 건가요?"

"으, 응……."

"……아하하. 정말 귀엽고 좋은 사람이네요, 리오 씨는."

쾌활하게 웃은 카노 씨가 내 옆에 앉았다.

"리오 씨도 하루 씨를 좋아한다라…… 뭐, 솔직히 어느 정도 알고 있었지만요."

"……에엑?!"

"꽤 알기 쉽거든요, 리오 씨."

"으, 윽."

말도 안 돼……!

난 완벽한 연기를 하고 있었는데!

이걸 간파하다니 카노 씨는 상당한 통찰력을 갖고 있구나. 응응, 내가 알기 쉬운 게 아니라 카노 씨가 자신의 재능을 모르는 것뿐이야.

"난 하루 씨를 좋아하고. 리오 씨도 하루 씨를 좋아한다. 그럼 뭐라고 하나……, 라이벌이 되는 걸까요."

"……그래, 라이벌이야, 라이벌."

나는 주먹을 불끈 쥐고 똑바로 상대를 직시했다.

"지, 지지 않을 거야, 카노 씨."

"아아, 뭐, 네."

말로 형용하기 힘든 얼굴로 애매하게 웃는다.

"……승산이 너무 없어서 놀라울 정도지만요."

나지막하게 중얼거린 말은 제대로 듣지 못했다.

반문하려고 생각하는데——.

"——어이, 리오!"

하루가 쏜살같이 달려왔다.

큰소리로 내 이름을 부르면서.

"있어, 있어! 있었어!"

"어?"

"반지 찾았어!"

"어…… 어어어?! 지, 진짜?!"

얼떨결에 몸을 일으킨 내게 하루가 기쁜 얼굴로 전했다.

"분실물 센터에 들어와 있었어. 주운 사람이 가져다줬대."

"……다, 다행이다."

일어선 직후, 이번에는 맥이 풀려서 쓰러질 것 같은 기분이었다.

"어쨌든 같이 좀 가자. 뭐라더라…… 만일을 위해서 사모님도 같이 와줄 수 있겠냐고 들었거든."

"아, 알았어. 바로 갈게."

"……다행이네요."

카노 씨가 내게 말했다.

"반지 찾아서 정말 다행이에요."

"으, 응…… 카노 씨도 찾는 거 도와줘서 고마워."

"아아, 그래. 정말 고마웠어, 카노 씨."

"아뇨. 두 분 다 빨리 반지 찾으러 다녀오세요. 저는 좀 피곤해서 여기서 쉬고 있을게요."

"카노 씨……."

난 뭔가 말하고 싶었지만, 뭐라 말해야 좋을지 알 수 없었다.

그녀를 홀로 남겨두고 우리는 반지를 찾으러 갔다.

🔥

혼자 남겨진 내가 벤치에 앉아있는데,

"──혹시 카노 치유리 님이신가요?"

낯선 목소리가 내게 말을 걸어왔다.

고개를 들자── 그곳에 서 있는 것은 유니폼을 입은 여성.

단정한 용모에 시원스러운 분위기를 가진 사람이었다.

"……맞는데요, 그쪽은."

"저는 하야시다 사에코라고 합니다."

그렇게 말한 그녀──하야시다 씨는 공손히 고개를 숙였다.

"타마키가를 섬기는 메이드로…… 예전에는 리오 님의 시중을 들었습니다. 뭐, 시중드는 건 지금도 마찬가지인 것 같지만요."

하야시다 씨는 리오 씨 집안의 메이드라고 했다.

메이드라는 게 진짜 있구나.

굉장하다. 역시 부자 집안.

아아──.

그러고 보니 리오 씨가 말한 적이 있었던가.

나 말고도 위장결혼에 대해 아는 사람이 있다고.

그중 한 명이── 어렸을 때부터 자길 돌봐준 메이드라고 했었다.

분명 이 하야시다 씨를 말하는 거겠지.

"근데…… 하야시다 씨가 왜 여기에?"

"리오 님에게 불렸어요. 반지를 잃어버렸으니 찾는 걸 도와달라고요."

반지를 찾고 있을 때 리오 씨가 그런 연락을 했나 보다.

"반지는 찾았어요. 마침 지금 두 사람이 가지러 갔는데."

"그런 것 같네요. 여기 도착하자마자 연락이 왔거든요. '바로 찾았으니까 괜찮아. 안 와도 돼'라고……. 하여간…… 고생한 보람도 없이."

진심으로 질렸다는 듯이 말하는 하야시다 씨.

타이밍이 상당히 나빴던 것 같았다.

"잠시 실례할게요. 걸어오다 보니 조금 피곤하네요."

그렇게 말하고는 내 옆에 앉아 작게 숨을 내쉰다.

"저를 알고 계시네요."

"네, 리오 님한테 들었습니다. 지난번 식사 자리에서 찍은 사진도 보았기에 혹시나 해서 말을 걸어 본 거예요."

"……리오 씨가 저에 대해 뭐라고 했나요?"

"그 부분은…… 노코멘트로."

"그건 이미 말한 거나 다름없지 않나요?"

내가 웃자 하야시다 씨도 작게 웃는다.

"그 두 사람…… 같은 마음인 거죠."

내가 묻자 하야시다 씨는 잠시 시간을 들이고는.

"……그렇군요."

수긍했다.

"아마 틀림없이 같은 마음일 겁니다."

"서로가 서로를 굉장히 좋아하는 거죠."

"네. 보고 있는 이쪽이 민망해질 정도로요."

"그런데 왜 저렇게 성가신 일이 된 걸까요?"

"글쎄요. 뭐, 보고 있으면 질리지 않긴 하지만요."

하야시다 씨가 쓰게 웃었다.

"어쨌든 지금은 아직 결론을 미루고 서로 우물쭈물하는 단계니까요. 카노 씨가 끼어들 여지는 충분히 있다고 생각합니다."

"괜찮아요? 리오 씨의 메이드 분이 그런 말을 해도."

"전 리오 님의 시중을 들고 있지만 그렇다고 해서 리오 님에게 충성을 맹세한 건 아닙니다. 게다가…… 만약 하루 님을 누군가에게 뺏긴다면 리오 님의 경우, 거의가 자업자득이라고 볼 수 있겠죠."

상당히 신랄한 메이드였다.

"으음. 어떨까요."

나는 애매하게 말했다.

"오늘 다시 한번 생각했지만, 저는 역시 하루 씨가 좋아요."

"⋯⋯⋯⋯."

"하지만 리오 씨도 좋아하게 됐거든요. 사이좋고 행복해 보이는 두 사람을 보고 있으면⋯⋯ 가슴은 아프지만 한편으로 행복한 마음도 들어요."

게다가, 하고 나는 말을 이었다.

하루 씨와 만났을 무렵을 떠올리면서.

"제가 좋아하게 된 건── 리오 씨를 좋아하는 하루 씨였거든요. 헤어진 후에도 미련 가득, 위장결혼을 한 후에도 고집을 부리지만 그래도 결국 소중히 대해 주고. 그런 식으로 리오 씨를 사랑해 주는 하루 씨를⋯⋯ 좋아하게 된 거예요."

"⋯⋯⋯⋯."

"그러니 이제 와서 끼어드는 건 어떨까, 싶은 생각이 들어요."

"⋯⋯카노 씨는 다정하시군요."

하야시다 씨가 작게 웃었다.

"저와 많이 닮았습니다."

"무슨 뜻이에요?"

"연애로 손해 보는 타입이에요."

"아, 음⋯⋯ 기쁘지 않은데요."

내가 어깨를 늘어뜨리자 하야시다 씨가 또 웃었다.

숨을 내쉬고 다시 고개를 들었다.

청명한 초여름의 하늘이 눈에 들어왔다. 기분이 이상했다.

나는 아마 실연을 당한 거겠지.

좋아하는 사람이 갑자기 결혼해 버렸고, 근데 그게 위장결혼이라는 걸 알게 됐고, 하지만 그래도 두 사람은 같은 마음이라는 걸 알고.

어떻게 보면 두 번 실연을 당한 셈이다.

상당히 충격을 받을 만한 상황인지도 모른다.

그런데—— 어째서일까?

이유 없이 굉장히 후련한 기분이었다.

분실물 센터에서 무사히 반지를 받은 뒤 나와 하루는 카노 씨가 기다리는 벤치로 향했다.

"아~ 다행이다. 정말 다행이야."

손에 쥔 반지를 바라보며 나는 휴, 하고 안도의 숨을 내쉬었다.

직원의 말에 의하면—— 반지가 떨어져 있던 곳은 소프트아이스크림 가게 근처의 개수대라고 했다.

맞아. 생각났어.

소프트아이스크림 먹는 사진을 찍다가 손이 더러워졌었다.

그래서 근처 개수대로 손을 씻으러 갔고.

반지는 빼서 개수대에 놔둔 채 손을 깨끗하게 씻었고.

그 후의 기억이 없으니까…… 아마 그대로 개수대에 두고 온 것이리라.

실수였다.

완전한 나의 실수.

"하여간 고생이나 시키고."

어이없다는 투로 말하는 하루.

말투는 거칠었지만 그래도 입꼬리는 느슨했다.

나처럼 진심으로 안도하고 있는 것 같았다.

"……미안해, 하루. 여러모로 고마워."

내가 그렇게 말하자 하루가 우뚝 멈춰선다.

그리고 눈을 부릅뜬 채 멀뚱멀뚱 이쪽을 바라본다.

"왜, 왜 그래."

"아니, 네가 나한테 순순히 사과하고 감사를 표하다니…… 별 희한한 일도 다 있구나 싶어서."

"──읏. 나, 나도 가끔은 솔직해질 때도 있어!"

뭐야, 정말. 열받게!

기껏 사람이 순순히 사과와 감사를 전했는데!

그런 태도를 보이면 이쪽도 쌀쌀맞게 나갈 수밖에 없잖아!

"감사라면 나보다도 카노 씨에게 해줘. 엄청 열심히 찾아 줬잖아."

"응. 다시 한번 말해 둬야지."

다시 제대로 감사를 전해야 했다. 그리고 그거 외에도 해야 할 말이 있었고, 들어야 할 말도 있었다.

그 모든 걸, 지금부터는 도망치지 않고 마주하고 싶었다.

"뭐, 어쨌든 일찍 찾아서 다행이야. 이 이상 시간이 걸렸다면 네가 하야시다 씨를 부를 것 같았거든."

"아, 아핫……. 설마 그럴 리가."

"이런 곳까지 불러놓고 '분실물 센터에 있었어요~' 같은 소릴 하면 아무리 화를 내도 할 말이 없지."

"아하하~……. 뭐, 뭐야~ 하루도 참. 아무리 나라도 그렇게까지 하야시다를 부려 먹지는 않아."

망했다.

하야시다, 화났으려나?

조금 전에 '바로 찾았으니까 괜찮아. 안 와도 돼'라는 라인을 보내만 두고 읽어보진 않았는데……. 설마 이미 도착한 건 아니겠지?

"저기, 리오."

혼자 속이 타기 시작한 나에게 하루가 말했다.

"반지 언제까지 들고 있을 거야. 또 잃어버릴라."

"……어, 아아. 그러게."

직원에게 전해 받은 뒤 너무 기쁜 나머지 손에 쥐고 한참을 바라보거나 만지면서 그냥 들고 있었다.

확실히 위험하다.

이러다가 또 떨어뜨리거나 하면 그것만큼 한심한 일도 없다.

급히 왼손에 다시 끼려고 하는데── 거기서 문득 떠올랐다.

"저기, 하루."

반지를 내밀면서 내가 말했다.

"하루가 끼워줘, 반지."

"……또 왜?"

"됐으니까 얼른."

난처해하는 하루를 무시하고 나는 근처 벤치에 앉았다.

가만히 바라보고 있자 하루는 기세에 졌다는 듯 한숨을 내쉬며 마지못해 내 옆에 걸터앉았다.

반지를 건네주니 하루가 말없이 받아들었다.

"어쩐지 그립네."

왼손을 내밀며 내가 말했다.

"이 반지 샀을 때도 이렇게 끼워줬었지."

"……네가 하라고 시켰잖아."

"뭐, 어때. 덕분에 결혼식에서 실수하지 않고 끝났잖아."

"연습 안 해도 나라면 할 수 있었어."

"글쎄? 넌 가끔 엄청 덜렁대니까."

"바보 취급하긴……."

살짝 울컥한 얼굴로 하루가 내 왼손을 잡았다.

이렇게까지 말한 이상 실패할 수는 없다고 생각한 것인지 무던히도 진지한 모습이었다.

시선은 손 위에 집중되어 있다.

"하루."

"응?"

불러도 고개를 드는 일은 없다.

그래서 나는── 입 속으로 말했다.

정말 좋아해.

그렇게.

소리가 되지 않는 목소리로, 하지만 분명하게 말했다.

입 밖으로는 아직 꺼낼 수 없는 말.

하지만 마음속에서는 튀어나와 버린 말.

"······아니. 아무것도 아니야."

"뭐야, 그게."

이상하다는 듯 말하면서도 하루는 반지를 끼워주었다.

결혼반지는 깔끔하게 왼손에 안착했다.

제자리로, 돌아왔다.

"이걸로 만족하셨습니까, 공주님?"

"음. 잘 되었구나."

농담조로 가볍게 주고받은 후, 우리는 서로 웃었다.

하루의 웃는 얼굴을 보고 있으니 마음이 따뜻한 온기로 가득 채워지는, 그러나 동시에 온몸이 뜨거워지는 것 같은 신기한 감각이 들었다.

아아──.

이제 인정하자.

인정할 수밖에 없다.

더 이상 속일 수도 없고, 속이고 싶지도 않다.

나는── 하루를 좋아해.

어렸을 때부터 정말 좋아했다.

한번 헤어진 뒤에도 그 마음은 변하지 않았다.

부끄러울 정도로 미련이 가득해.

꼴사나울 정도로 사랑하고 있어.

지금──.

이런저런 과정을 내던지고 우리는 결혼해 버렸다.

하지만 그것은 단순한 위장결혼.

아내라고 해봐야 가짜 아내일 뿐이다. 어째서 이런 성가신 상황이 된 것인지는 스스로도 잘 모르겠다.

저기, 하루.

지금부터라도 늦지 않았을까?

나, 하루의 진짜 아내가 되려고 해도 괜찮을까?

에필로그

✳

자연공원에서 우리가 사는 맨션으로 돌아온 것은 저녁 식사 전인 5시경이었다.

······참고로 귀가 수단은 하야시다 씨의 자동차.

반지를 잃어버려 다급해진 리오는 결국 부랴부랴 하야시다 씨를 소환해 버렸던 모양이다. 발견한 후에 서둘러 연락을 했지만 이미 도착이 끝난 상태였다고.

하여간······ 정말 미안한 짓을 했어.

맨션 주차장에 우리를 내려주고 하야시다 씨는 곧바로 차를 뺐다. 함께 타고 온 카노 씨를 집까지 데려다준다고 했다.

"음?"

집으로 돌아가기 전 우편함을 확인하던 중 봉투 하나가 눈에 들어왔다.

그 발신인의 이름을 보고 조금 놀랐다.

"아버지······?"

"응? 하루 아버님한테?"

"그러네."

"뭘까?"

"글쎄. 뭘 보내신 거지."

아버지가 우편을 보내다니 별일도 다 있네.

설마 친필 편지가 들어있는 건 아니겠지…….

신기해하면서도 우리들은 집으로 돌아갔다.

봉투의 입구를 자르기 위해 봉투칼을 쥔 순간── 주머니에 진동.

스마트폰에 전화가 오고 있었다.

전화 상대의 이름을 보고 또 한 번 놀랐다.

"……어머니."

"어머님한테 전화 왔어?"

"응. 리오, 이거 좀 열어줘."

봉투와 칼을 리오에게 건네준 후 나는 전화를 받았다.

"여보세요."

『하루, 오랜만이구나.』

귀에 익은 어머니의 목소리.

평소와 같은 나긋한 말투였다.

『잘 있니? 리오랑은 별일 없이 지내고? 오늘은 쉬는 날인데 뭐 하면서 보냈어?』

"……한꺼번에 묻지 마."

『그렇지만 걱정되잖니. 하루 쪽에선 전혀 연락이 없으니까.』

한탄 섞인 한숨을 내쉰다.

변함없이 어머니는 다소 과보호하는 기색을 보였다.

아니, 어쩌면 이 정도는 '보통'의 범주에 속하는 걸까.

"나도 이제 열아홉이니까 언제까지고 엄마한테 찰싹 붙어 있을 나이는 아니잖아."

『그런 섭섭한 소리나 하고. 하아, 아들 같은 건 차갑기만 하다니까. 히카루도 소라도 고등학교 들어가면서부터 갑자기 무뚝뚝해지고.』

"다 그런 거지, 뭐."

『역시 딸도 낳아야 했나? ……지금이라도 늦지 않았으려나?』

"……그래서 무슨 용건?"

모친의 적나라한 농담에 어울리고 싶지 않았기에 이야기의 뒤를 재촉했다.

……음? 방금 농담이지?

설마 정말로 지금부터 동생이 생긴다거나 하진 않겠지?

『맞다, 참. 오늘은 할 말이 있어서 연락했어.』

생각났다는 듯 어머니가 말한다.

『너희 아버지한테서 우편 하나가 도착하지 않았니?』

"아아, 방금 받았어."

『다행이다. 잘 도착했구나. 사실 엄밀하게 말하자면 '아버지가' 보냈다는 걸로 하고 내가 보낸 거지만.』

그런 아무래도 좋을 서론을 꺼내고는 말을 잇는다.

『하루, 너희들 아직 신혼여행 안 갔지?』

"신혼여행…… 안 갔는데."

『그렇지. 모처럼 결혼했는데 신혼여행도 못 가다니……. 리오도 참 가엾지.』

"아니, 근데…… 그 이야긴 전에도 했었잖아? 우린 아직 학생이니까 그런 거창한 건 생략할 거라고."

결혼식 이야기가 나왔을 때 당연히 두 집안에서 신혼여행에 대한 이야기도 나왔었다.

그때는 어떻게든 이유를 꾸며내서 얼버무렸다.

진짜 이유는 말할 수 있을 리가 없다.

위장결혼에, 가면 부부라 둘이 함께 여행을 할 순 없다, 라니.

"요즘 신혼여행 안 가는 부부는 드물지도 않아."

『그건 들었지만…… 그래도 가서 나쁠 것도 없잖니?』

"하지만."

『그래서 말이지── 우리 쪽에서 준비했어.』

"……뭐?"

상대의 말이 믿기지가 않아 입을 쩍 벌렸다── 그와 동시에.

톡톡, 하고 어깨를 두드리는 감각이 있었다.

돌아보자 리오가 형용하기 어려운 표정으로 내게 한 장의 종이를 내밀었다.

개봉해 달라고 했던 봉투의 내용물이 아무래도 이와 관련된 것 같았다.

종이엔── 토호쿠 쪽에서는 누구나 알 만한 온천 여관의 이름이 적혀 있었다.

『아버지가 일 관련해서 온천 여관 숙박권을 받아오셨거든. 우리는 이미 몇 번이나 간 곳이니까 하루네를 보내면 어떠냐는 이야기가 나왔거든. 그래서 숙박권 보내뒀어.』

"……아니."

『하기야 학생 신분으로 하와이나 괌 같은 곳에 가면 빈축을 살

수도 있지만, 국내…… 게다가 같은 토호쿠로 여행을 가는 정도
라면 아무도 뭐라 하지 않을 거야. 게다가 너희들 다음 달부터
여름 방학이잖아? 대학생들의 여름 방학은 쓸데없이 기니까 잠
깐 둘이서 푹 쉬다 오렴.』

"……자, 잠깐만 기다려 봐."

멋대로 진행되려는 이야기를 다급히 저지했다.

여행?

리오랑 온천 여관에?

『뭐, 무슨 계획이라도 있니?』

"아니, 없는데……."

『그럼 다녀오면 되잖니.』

큰일이다. 거절할 이유가 아무것도 없어.

평범한 부부라면 부모에게 이런 선물을 받으면 아주 기뻐하
겠지.

하지만 우린 위장결혼.

그런 두 사람이 함께 여행이라니.

게다가…… 온천 여관?

숙박 대상이 신혼부부라면 자연스레 방은 하나뿐일 것이다.

그런 곳에서 리오와 둘이 머문다면──.

『후후, 여름의 온천도 의외로 묘미가 있는 법이야. 거기 온천
마을은 산속에 있어서 여름에도 굉장히 시원하니까 피서지로도
인기가 좋아.』

이제 완전히 가는 걸 기정사실로 두고 말하는 어머니.

어떻게 하나 고민하던 나였지만── 이어지는 말에 귀를 의심했다.

『아키노 씨한테 감사하렴.』

"…………."

어째서?

왜 여기서 그녀의 이름이 나오지?

『아키노 씨가 제안한 거야. 너희들 신혼여행은 이쪽에서 보내주는 게 좋지 않겠냐고. 그래서 아버지랑 같이 대화를 나눈 거지. 너희들이 결정했으니 그걸 존중해야겠지만…… 그래도 역시 신혼여행은 가는 게 좋을 것 같아서.』

"…………."

『정말 마음 씀씀이가 좋지, 아키노 씨. 소라 일로 갚을 수 없는 폐를 끼쳤는데도 나나 아버지를 살뜰히 챙기고 널 친동생처럼 여겨주잖니.』

부모님 앞에서 아키노 씨는 온순한 가면을 쓰고 있었다.

시어머니와 시아버지가 좋아할 만한 '이상적인 며느리'를 연기하고 있다고도 볼 수 있다.

본모습을 모르는 어머니와 아버지는 그녀를 굳게 믿고 있기에 아들이 그런 이상적인 며느리를 버리고 나간 것에 대해 심한 죄책감을 느끼고 있었다.

말을 좀 바꾸자면.

아키노 씨는 우리 부모님의 절대적인 신뢰를 얻고 있었다.

그 믿음을 이용하면── 부모님을 어느 정도 자유로이 움직이게 할 수 있는 것이다.

『아, 그러고 보니 숙박권을 가져다준 사람도 아키노 씨의 지인이라는 사장이었어. 여러모로 인연이 깊구나.』

역시나, 라고 해야 할까.

숙박권 선물로 미루어 짐작건대 그녀의 입김이 어느 정도 들어간 것 같았다.

"…………."

난 더는 아무 말도 할 수 없었다.

할 말을 잃고 그저 우뚝 서 있었다.

옆에서 귀를 기울이고 있던 리오도 얼굴이 하얗게 질린 채 말이 없었다.

신혼여행.

리오와 둘이서 온천 여관.

솔직히 말하면…… 난처했지만 조금은 기대를 품는 부분도 있었다. 이러니저러니 해도 리오와 둘이 즐거운 추억을 만들 수 있지 않을까 하는 희미한 기대가 있었다.

하지만 그런 가슴의 두근거림은 단번에 불안감에 짓눌렸다.

부모의 원조로 가게 된 신혼여행.

그 이면에 감춰진 것은── 호락호락하지 않은 형수의 손길.

이제 곧 여름인데도 식은땀이 멈추질 않았다.

후기

바람이 어디부터 바람인지 사람마다 기준은 다르겠지만, 그래도 기혼자의 경우 부정행위는 법적으로 허용되지 않습니다. 법률적인 이야기를 하는 이상 명확한 기준이 있어야 하죠. 보다 구체적으로 말하면 실제로 행위가 있었는지의 여부가 쟁점이 되는 것 같지만…… 글쎄요. 예를 들면 정말로 단지 성욕 해소를 위해 하룻밤의 육체관계를 가진 경우와 육체관계까진 아슬아슬하게 없었지만 서로를 진심으로 마음에 품은 채 몇 년이나 배덕의 사랑을 키워나간 경우. 개인적으로는…… 왠지 모르게 후자가 범죄처럼 느껴집니다만 실제로 유죄가 되는 경우는 전자뿐입니다. 머리와 마음으로 아무리 바람을 피워도 육체관계만 이르지 않으면 불륜이 되지 않는다. 결국 법률로 처벌할 수 있는 것은 겉으로 보이는 행위일 뿐이지 겉으로 드러나지 않는 마음까지 처벌하는 것은 불가능한 일입니다. 사회의 법칙으로 부정행위를 벌할 수는 있어도 싹튼 사랑 자체를 벌할 수는 없습니다. 좋든 나쁘든.

안녕하세요. 노조미 코타입니다.
결혼했는데도 서로 같은 마음인 위장 결혼 러브 코미디 제2탄.
이번에는 신 히로인 등장…… 이라고 생각했는데 막상 쓰고 보니 생각했던 것 이상으로 경쟁 구도는 펼쳐지지 않았다고 할지, 두 사람의 마음이 너무 강했다고 할지. 쓰다 보니 제가 생각하기에도 '너 너무 착하잖아……'라며 안타까운 기분이 들었습니다. 이 작품이 하렘 러브 코미디인지 일대일 러브 코미디인지 쓰고 있는 저도 알 수 없는 부분이 있습니다.

　전체적으로 메인 두 명의 아슬아슬한 밀당은 쓰면서도 즐거웠지만…… 메이드와 형수라는 두 명의 이야기도 즐겁게 썼습니다.

　아래부터는 감사 인사.

　담당자님이신 T님. 이번에도 많은 신세를 졌습니다. 그리고 편집장 취임 축하드립니다. 일러스트레이터 풍키치 님. 이번에도 훌륭한 일러스트를 그려주셔서 감사합니다. 전체적으로 거의 맡기고 있지만 어느 것 하나 센스가 빛나지 않는 것이 없어서 대단하다고 느낍니다. 특히 캐릭터 소개 부분의 빨간 실 연출이 굉장히 분위기 있고 좋았습니다.

　마지막으로 이 책을 읽어주신 독자분들께 가장 큰 감사를 드리며.

　그럼 인연이 닿는다면 또 뵙겠습니다.

노조미 코타

MOTOKANO TONO JIRETTAI GISOKEKKON Vol.2

©Kota Nozomi 2021
First published in Japan in 2021 by KADOKAWA CORPORATION, Tokyo.
Korean translation rights arranged with KADOKAWA CORPORATION, Tokyo.

전 여친과의 아슬아슬한 위장결혼 2

2023년 04월 01일 1판 1쇄 발행

저   자 | 노조미 코타
일러스트 | 풍키치
옮 긴 이 | 이소정
발 행 인 | 유재옥
본 부 장 | 조병권
담당편집 | 정지원
편집 1팀 | 김준균 김혜연
편집 2팀 | 정영길 조찬희 박치우 정지원
편집 3팀 | 오준영 이해빈
편집 4팀 | 전태영 박소연
디 자 인 | 김보라 박민솔
라 이 츠 | 김정미 맹미영 이윤서
디 지 털 | 박상섭 김지연
발 행 처 | (주)소미미디어
인쇄제작처 | 코리아피앤피
등   록 | 제2015-000008호
주   소 | 서울시 마포구 토정로 222, 403호(신수동, 한국출판콘텐츠센터)
판   매 | (주)소미미디어
영   업 | 박종욱
마 케 팅 | 한민지 최원석 박수진 최정연
물   류 | 허석용
전   화 | 편집부 (070)4164-3962, 3963 기획실 (02)567-3388
             판매 및 마케팅 (070)4165-6888, Fax (02)322-7665

ISBN 979-11-384-3611-3 (04830)
ISBN 979-11-384-3517-8 (세트)